고독한
가정부
잔혹사

고독한 가정부 잔혹사

초판 1쇄　　2019년 6월 10일

지은이　　　유로운
펴낸이　　　이지현
디자인·일러스트　　　정미영

펴낸곳　　　도서출판 카노푸스
출판등록　　제 2016-000109호
주소　　　　서울시 송파구 법원로 9길 26 C동 3층 R327호
전화　　　　070-8221-0021
팩스　　　　02-6924-8446
이메일　　　siriusbooks@naver.com

ISBN　　　979-11-956440-5-6　03810

* 이 도서의 국립중앙도서관 출판예정도서목록(CIP)은 서지정보유통지원시스템 홈페이지
  (http://seoji.nl.go.kr)와 국가자료공동목록시스템(http://www.nl.go.kr/kolisnet)에
  서 이용하실 수 있습니다.(CIP제어번호: CIP2019019055)

고독한
가정부
잔혹사

유로운
소설집

카노푸스

66 유어서비스는
최고의 서비스를
보장합니다 **99**

시은은 가정관리사다. 한때 식모나 파출부로 불렸으며, 가사도우미로 알려진 그 직업 말이다. 특기는 청소와 정리정돈이다. 더러운 곳이나 물건이 어지럽혀진 곳을 보면 눈을 반짝인다. 그리고 사사삭, 완전히 깔끔하고 말끔하게 바꾸어 놓는다. 요리와 빨래도 물론 잘 하지만, 아직까지 자신 있게 내세울 수준은 아니라고 생각한다.

시은이 소속된 유어서비스는 세분화된 서비스 제공이 강점으로, 시은의 주 고객은 혼자 사는 부유한 노부인이다. 처음부터 이들을 주 고객으로 삼은 건 아니었다. 유어서비스에 입사한 후 다양한 고객을 만나고 다양한 업무를 맡으며 경력을 차근차근 쌓았다. 시간과 노력이 더해가며 좋은 평가를 받앗고, 업무에 만족하는 고객층이 특별히 선정되어 결정이 내려졌다. 유어서비스에서 근무한지 십년 째, 노부인 고객을 만나기 시작한 건 오년 전부터다.

업무 지시와 고객 소개는 전화로 전달된다. 업무를 담당하는 김 소장은 오랜 기간 시은에게 일과 고객을 소개해주었다. 김 소장은 유어서비스의 역사라 해도 과언이 아닐 만큼, 오랫동안 근무해왔다고 알려져 있다. 전화로 업무를 전달받기 때문에 따로 방문하거나 연락할 일은 없지만, 가끔 시은은 김 소장을 찾았다.

김 소장은 일하다 생기는 온갖 문제를 잘 풀어주었다. 유어서비스에서 발생하는 모든 문제에 통달한 만큼, 웬만한 사건은 눈도 깜빡하지 않고 해결했다. 시은이 맞닥뜨린 곤란하고 어려운 상황도 김 소장은 처리방법을 기필코 찾아냈다.

시은의 키는 평균보다 조금 더 크고, 몸무게는 비밀이다. 이런 신체사이즈까지 일과 상관이 있나 싶지만, 중요하게 생각하는 고객이 있으니 어쩔 수 없다. 간혹 어떤 고객은 키가 너무 커서 부담스럽다고 했지만, 도리어 시은은 높은 곳에 있는 물건을 빼내거나 청소를 할 때 편해 키가 더 컸으면 했다.

지나치게 날씬해서 일을 잘 할지 모르겠다는 의견과 너무 뚱 뚱하다며 자기 관리가 잘 된 직원으로 바꾸어 달라는 평가를 받았을 때는 조금 당황했다. 이런 일을 겪으며 자신의 모든 것이 고객의 평가 항목이라는 사실을 실감했다.

정작 시은이 신경 쓰는 문제는 따로 있었다. 무표정은 아 무리 노력해도 바꿀 수 없었다. 유어서비스에 입사하여 표정 과 미소 교육을 열심히 받았지만, 아무리 연습해도 무표정했 다. 그나마 화나거나 무서워 보이지 않는 게 다행이었다.

표정만 없다 뿐이랴. 시은에게는 수다 본능조차 없다. 태 어날 때부터 인간의 사교력은 아예 장착되지 않은 듯했다. 주 고객이 노부인이다 보니 대화시간이 많아 곤욕이다. 그나마 이야기를 잘 들어주는 것으로 용케 잘 버텼다고 자부한다. 가 끔 고개를 끄덕이고 '예', '그렇죠' 같이 맞장구치는 능력은 꽤 좋아졌다. 다른 사람에 비하면 여전히 부족하지만, 스스로는 많이 향상했다고 느낀다. 고맙게도 수다를 떨지 않는 조용한 사람을 원하는 고객이 있기에 여전히 자리를 지킬 수 있었다.

잘 웃지도 않고 표정도 뚱한 시은이 입지를 다진 데는 입 이 무겁다는 장점이 한몫을 했다. 하루 종일 고객과 함께, 고객의 사적인 공간에서 일을 하면 누군가에게 발설하고 싶은 이야기를 숱하게 접한다. 호기심을 억누르지 못하고 고객의 비밀을 캐내는 직원이 있다. 그도 아니라면 부유한 고객을 시기, 질투하는 사건도 벌어진다. 하지만 시은은 이런 일만큼은 모두 피했다.

유어서비스에는 고객의 개인정보는 절대 발설하지 않는다는 강력한 규칙이 있다. 자신에게 큰 해를 끼치고 엄청난 범죄와 연관될 때나 고객의 비밀을 공개할 수 있다. 하지만 무언가를 궁금해하고 소문을 퍼뜨리고 이를 흥미롭게 나누는 것은 인간의 본성이기에 누구라도 언젠가는 사건을 일으켰다. 실제로 시은은 그런 사례를 많이 들었고 보았고 또 그 결과를 잘 알았다.

시은은 이전까지 그랬고 지금도 그렇고 앞으로도 그럴 테지만 절대로 누군가에게 흥미를 보이지 않는다. 솔직히 인간인지라 호기심이 전혀 없다면 거짓말이겠지만, 그래도 고객과 관련된 사항에 대해서는 아무것도 묻지 않고 궁금해하지 않았다. 물론 고객의 돈이나 보석, 명품도 탐내지 않았다. 이건 모두 만사가 무덤덤한 성격 덕분이다. 생글생글 잘 웃는 사근사근한 성격이 아님에도 비밀 엄수와 재산 보호가 중요한 고객에게 시은이 좋은 평가를 받는 가장 중요한 이유다.

오늘도 시은은 무슨 일이든 어떤 상황이든 누구를 만나든 항상 최선을 다해 노력한다. 그런 하루하루가 모여 좋은 평가를 받는 최고의 가정부를 만들었다.

66 고객님이
안 된다면
안 되는 겁니다 99

"이번 고객은 절대로 살충제나 화학약품을 사용하지 말라셔. 굉장히 예민하시대."

최상의 서비스를 원하는 고객을 상대하는 만큼, 고객의 요구사항은 미리 완벽하게 숙지해야 한다. 과거에는 콧노래를 부르지 말라거나 꼭 팔자걸음으로 걸으라는 것처럼 이상한 명령도 있어 고개를 갸웃거리기도 했다. 그에 비하면 이번은 단순하다.

화학제품이나 가공식품을 싫어하는 고객은 많다. 원룸을 화학제품으로 깨끗하게 청소하고, 삼시세끼를 가공식품으로 때우는 시은과는 정반대다. 아무리 자신이 화학제품이나 가공식품 친화적이라해도, 고객 서비스가 가장 중요하니 일할 때는 고객의 요구에 백퍼센트 맞춘다.

주소지에 찾아가보고 눈이 휘둥그레졌다. 그동안 부유한 저택은 많이 가봤지만 이번만큼 놀랍지 않았다. 높은 담으로 둘러싸인 대문은 그 자체만으로 압도적이었다. 수위실에 신분을 밝히고 들어서자 널따란 정원이 나타났다. 정원 사이에 육층 빌라 두 채가 거리를 두고 서 있었다.

나른한 표정의 수위는 시은에게 앞쪽 빌라를 가리켰다. 제대로 관리된 잔디밭에 깔린 디딤돌을 밟으며 그곳으로 향했다. 정원에는 아름드리나무가 담장 옆을 따라 촘촘히 심겨져 있어 이곳과 외부를 차단시켰다. 방금 전까지 자동차 경적 소리로 시끄럽고 매연 탓에 더러운 공기가 가득한 서울 도로에 있었다는 것이 믿기지 않을 만큼, 이곳은 조용하고 말끔한 딴 세상이었다.

빌라로 들어서는 문은 굳게 닫혀 있었다. 시은은 앞으로 일하게 될 오백일호를 호출했다. 문이 열렸고 화려하게 장식된 복도를 지나 금빛으로 빛나는 엘리베이터를 탔다. 지하와 일층, 오층 버튼만 있는 전용 엘리베이터였다. 오층에는 오백일호 한 세대만 있었다. 초인종을 누르자 곧 현관문이 열렸다.

"안녕하세요. 저는 유어서비스 이시은입니다. 잘 부탁드립니다."

"들어와요. 어서."

부인은 나이보다 젊어 보였다. 키는 그리 크지 않았지만, 몸이 말라 더 작아 보였다. 단발머리에 흰머리가 보였지만 얼굴에는 굵은 주름이 거의 없었다. 세상의 고단함을 빗겨간 얼굴은 맑았다. 부인은 얼른 안으로 들어오라고 재촉하고는 시은이 현관문 안으로 들어서자 재빨리 문을 닫았다.

"이상한 냄새나죠? 내가 아무리 말해도 복도에 약을 쳐서 요즘에는 밖을 나가기가 겁나요. 무서워."

화학약품에 지나치게 민감한 고객과의 첫 대화는 살충제에 대한 불만으로 시작됐다.

며칠 전 고객의 요구사항을 전달받고 시은은 김 소장에게 한껏 하소연했다. 설거지나 청소, 빨래를 할 때 어떤 화학제품도 사용 불가였다. 세제와 살충제, 방향제 같은 화학제품은 물론이거니와 집에서 절대 사용하면 안 된다는 제품의 목록이 길었다.

"도대체 빨래는 어떻게 하고, 설거지는 뭐로 하라는 건지. 청소는 어떻고?"

화학제품에 민감한 고객은 한둘이 아니다. 하지만 화학제품뿐만 아니라 식초와 베이킹소다, 구연산 같은 천연세제까지 줄줄이 금지한 고객은 처음이었다.

"어쩌겠어. 고객이 원하는 대로 할 수밖에. 대신 이번 고객은 집이 깨끗하지 않아도 된다니 다행 아니야?"

현장경험이 없는 김 소장은 태연하게 태평한 소리를 했다. 독한 냄새가 싫다고 락스나 세제를 쓰지 말라는 고객은 항상 있다. 문제는 그들이 세제를 쓰지 않고도 지나치게 깔끔하고 깨끗한 집을 원한다는데 있다. 그러자면 몸을 혹사하는 수밖에 없다. 빨래를 손으로 비벼 빨고 바닥에 엎드려 얼룩을 박박 문질러도 세제를 썼을 때만큼 깨끗해지지 않는다. 그럴 때마다 일 못한다는 평가를 받으면 웬만한 일에는 무덤덤한 시은조차 우울해졌다.

이번 고객도 조금 더러워도 좋다지만 과연 실제로도 그럴까 의심스러웠다. 아마 나중에는 이런저런 요구가 많아질 것이라 예상했다.

시은은 무덤덤하고 무표정해서 여간해서 감정이 직접적으로 드러나지 않는다. 고객의 집이 더럽거나 냄새가 심하게 나도 절대 놀란 티를 내지 않았다. 하지만 이 집을 들어섰을 때, 시은은 입을 벌리고 놀랐다. 물론 고객 앞에서 놀란 표정을 지어서는 안 되기에 바로 입을 다물고 살짝 미소를 지었다.

빌라는 꽤 컸다. 빌라 입구 우편물 함에는 사층까지는 각 층마다 두 세대씩, 오층과 육층은 각 한 세대만 있었다. 한 층을 오로지 하나의 세대만 쓰는 이 공간은 드넓었다. 긴 복도를 지나 나온 이 거실만 해도 시은이 사는 원룸의 몇 배나 될 만큼 넓었다.

그러나 이 넓은 공간은 온갖 가구로 꽉 차 있었다. 이인용, 사인용 소파 사이에 테이블이 있고, 그 옆에는 회색으로 된 소파 세트가 또 있었다. 바닥에는 거대한 양탄자 몇 개가 깔려있고, 벽에도 천으로 된 패브릭포스터 여러 개가 걸려있었다. 소파뿐만 아니라 작은 테이블 사이로 흔들의자 두 개와 나무로 된 그네까지 있었다. 수많은 물건 사이에서 시은은 어디를 쳐다봐야 할지 중심을 잡지 못하고 방황했다.

가구는 마구잡이로 배치돼있었다. 디자인이며 색이 모두 제각각이라 미적 감각이 없는 시은이 보기에도 이상했다. 쓰레기가 쌓였다거나 악취가 풍기지는 않았지만, 테이블 위에는 먼지가 가득했고 소파와 쿠션은 더러웠다. 발밑에 있는 양탄자는 또 어떤가. 원래 색을 짐작하지 못할 만큼 묵은 때가 가득했고 곳곳에 얼룩이 보였다.

거실 베란다에는 종이상자와 물건이 쌓여 바깥 풍경이 제대로 보이지 않았다. 베란다를 정리하는 데만도 제법 시간이 걸릴 것 같았다.

청소와 빨래를 하는 상상에 빠져 있는데 부인이 시은을 불렀다.

"지낼 방을 보여줄게요. 이리 오세요."

다시 긴 복도를 지나 방문을 열었다. 그곳 역시 오래되어 낡은 가구로 꽉 차 있었다. 바닥에는 흙발자국이 선명한 레몬 빛깔의 러그가 깔려있고 구석에 침대가 있었다. 테이블과 의자, 옷장은 물론 작은 냉장고와 텔레비전까지 한자리를 차지했다. 침대발치에 놓인 책장에는 책이 가득 꽂혀있었다.

"침대가 오래됐지만 잠깐 쉴 용도로는 괜찮을 거예요."

시은은 고개를 끄덕였다. 이래저래 황송했다. 잠깐 쉬거나 점심식사를 할 때 쓰라며 작은 공간을 제공하는 경우가 있다. 하지만 이렇게 큰방을 쓰는 건 처음이었다. 도대체 이 집은 얼마나 넓은 건지 상상조차 못할 정도다.

"내가 깔끔한 스타일은 아니에요. 너무 고생하며 깨끗하게 청소하지 않아도 돼요."

시은은 방을 바라보았다. 가구 사이사이에 낀 먼지가 눈에 띄었다. 한동안 사람의 손길이 없었던 탓일까. 청소가 전혀 되지 않은 상태였다.

"내가 화학약품에 민감하니 그것만 주의하면 돼요. 절대로, 그러니까 절대로 화학약품은 쓰지 마세요."

"네. 알겠습니다."

시은은 명심하고 또 명심한다는 사실을 보여줄 양 가볍게 고개를 숙였다. 이번 고객은 화학제품에 민감하다고 김 소장이 몇 번이나 강조하기에 향수나 화장품도 쓰지 않고 완전히 민낯으로 온 참이었다.

"나이가 드니 물건을 쉽게 못 버리겠네요. 쓰레기 같아도

내 눈에 익고 익숙해진 것이니 함부로 버리지 마세요."

시은은 베란다에 쌓인 물건을 버리고 거실 가구를 재배치했던 머릿속 이미지를 바로 지웠다. 사소한 것 하나라도 버려야 할 때는 부인에게 먼저 물어봐야겠다고 다짐했다.

부인은 시은을 부엌으로 안내했다. 부엌 역시 넓었다. 넓다는 말 외에는 할 말이 없을 정도로 넓었다. 냉장고가 세 대나 있었지만, 공간은 널찍해서 여유로웠다. 단지 바닥이 끈적거려 청소를 오랫동안 하지 않은 듯했다. 곳곳에 음식 찌꺼기가 묻은 것도 눈에 거슬렸다. 청소하는 데만도 며칠이나 걸릴 것이다.

싱크대 개수대 안에는 그릇이 잔뜩 쌓여있었다. 그릇이 며칠간 방치돼 있었는지 음식물이 굳어있었다. 바로 달려들어 수세미로 박박 문지르고 물로 헹궈내고 싶었다. 그때 시은의 머릿속에 요란한 경고음이 울렸다. 이곳에는 주방세제가 없다. 설거지를 해도 뽀드득 소리가 날만큼 깨끗해질지 걱정됐다.

부엌 옆에 딸린 다용도실은 두 곳이었다. 한곳에는 음식재료를 모아두고 다른 곳에는 요리도구를 모아두었다. 수납장 안이 꽉 차 자칫 부주의하게 문을 열면 소스병과 그릇이 잔뜩 떨어질 것 같았다. 정리정돈 의지가 불끈 솟았다.

식당도 두 곳이었다. 작은 곳에는 사인용 식탁 세트가, 다른 곳은 십인용은 될 법한 거대한 식탁에 짝이 맞지 않아 제각각인 의자 여러 개가 지네다리처럼 놓여있었다. 식당 바닥에도 역시 더러운 카펫이 깔려있었다. 보기만 해도 온 몸이 근질거렸다.

세탁실에는 세탁기와 건조기가 있었다. 역시 세탁세제는 보이지 않았지만, 그나마 비누가 있으니 빨래를 할 때는 도움이 될 것이다.

복도 끝까지 가지도 못했는데 열어보지 못한 방이 여럿이었다. 시은이 쓸 방과 거실, 부엌과 세탁실만 둘러봤는데도 시간이 한참 걸렸다. 할 일이 많았다. 시은은 당장 팔을 걷어붙이고 일을 하고 싶었다. 청소 본능이 꿈틀거렸다. 시간은 걸리겠지만 깨끗하게 청소되고 정돈된 공간을 만들겠다 결심했다. 당장 고무장갑과 걸레, 수세미가 필요했다. 하지만 이런 꿈은 바로 산산조각 나버렸다.

"집은 보셨으니까 이제 쉬세요."

"네?"

아무리 집이 넓다한들 집 구경만 하고 쉴 수는 없었다.

"첫날인데 오늘은 이만 끝내죠."

"괜찮습니다. 저는 거실 정리를 할게요."

"됐어요. 갑자기 두통이 심해져서 시끄러우면 더 신경 쓰여요. 오늘은 조용하면 좋겠어요."

어쩔 수 없다. 작전상 후퇴다. 집이 넓으니 청소기를 돌린다 한들 그 소리가 당도하지 못할 테지만, 조용히 해달라면 따를 수밖에 없다.

시은은 방으로 들어와 방을 둘러보았다. 옷장 안에는 오래되고 낡은 옷이 걸려있었는데, 한때 이곳에 머물렀던 타인의 사생활을 엿보는 것 같아 바로 문을 닫았다. 책표지는 오래되어 제목이 보이지 않았다. 책을 펼치니 노랗게 바랜 종이에서 먼지가 자욱이 일었다. 만지면 종이가 바스러질 것 같아 책을 닫고 다시 그대로 책장에 꽂았다.

침대에 앉으니 매트리스 스프링이 삐거덕거렸다. 누군가 오랫동안 사용하던 제품인 듯했다. 딸이나 아들이 사용했거나 한때 입주해 일하던 사람이 썼던 것 같았다. 냉장고 안에는 언제 두었는지 모를 음료수병만 달랑 하나 있었다. 텔레비전을 켤까 하다 소리에 민감하다는 부인의 말이 떠올라 그만 두었다.

집 구경을 할 때 본 러그와 커튼, 쿠션에 쌓인 오래된 먼지가 생각났다. 침대 위 침구에서도 먼지 냄새가 났다. 손바닥으로 철썩 내리치면 먼지가 방안을 가득 채울 것 같았다.

방에는 커다란 창문이 있었다. 창문 밖으로 또 다른 빌라와 정원, 그리고 시은이 걸어온 도로가 보였다. 가끔씩 비싸 보이는 자동차만 지날 뿐, 사람이 살고 있는 것이 맞나 싶게 고요했다. 빌라 정원을 걷는 한 남자를 보았다. 그는 양손 가득 무언가를 잔뜩 들고 수위실로 향했다. 정원을 관리하는 사람 같았다.

먼지가 풀풀 풍기는 곳에서 하릴없이 마음 방황을 하려니 죄를 짓는 기분이었다. 안되겠다, 조용히 물걸레질이라도 하자 마음먹고 방을 나섰다. 당장 걸레를 찾아 조용히 가구에 쌓인 먼지를 닦아내도 좋다. 문을 열어 밖을 살피고 살금살금 소리 나지 않게 거실로 갔다.

거실에 서자 의미 없이 배치된 가구가 다시 눈에 들어왔다. 낡은 가구는 자리만 차지할 뿐, 쓰임새는 없어보였다. 오랫동안 켜켜이 쌓인 기억과 추억 때문에 버리지 못한다기에는 지나치게 지저분했다. 일단은 가구에 쌓인 오랜 먼지만 닦아내기로 했다. 근처에 있는 테이블을 손으로 쭉 훑었더니 아니나 다를까 손바닥에 먼지가 잔뜩 묻어났다. 필시 오랫동안 청소를 하지 않은 탓이다.

이상한 소리가 들려 베란다로 눈을 돌렸다. 시은은 이 집에서 가장 시급한 일로 베란다 종이박스 정리를 선택했다. 눈앞의 경관을 가리는 것은 물론, 더럽고 불쾌하고 눈에 거슬렸다. 그런데 아무렇게나 놓여 있던 종이박스가 꿀렁거렸다. 혹시 강아지나 고양이 같은 동물이 그 안에서 움직이나 싶어 놀랐는데 박스 안에 있는 건 부인이었다.

시은은 얼른 그곳으로 달려갔다. 베란다를 어떻게 나가나 고민하다 거실 끝에서 문을 발견했다.

"무얼 찾으세요? 제가 할게요."

베란다에서 물건을 찾는 일조차 하지 못한다면 시은이 이곳에 있을 이유는 없었다. 이런 잡다한 일을 하라고 시은을 고용한 것 아닌가. 인기척을 들었는지 부인이 고개를 들고 시은을 바라보았다. 순간 부인의 눈빛은 다른 사람인 것처럼 낯설었다.

"박스를 좀. 더 쉬지 왜 이렇게 일찍 나왔데요?"

"일은 저에게 맡기세요."

시은은 좀 더 일찍 방에서 나오지 않은 게으름을 자책했다. 잘못을 만회하려면 더욱 열심히 일하는 수밖에 없다.

"제가 할게요."

"뭘 찾는 건 아니고. 그냥 정리를······."

종이박스는 비를 흠뻑 맞은 상태에서 그대로 말랐는지 쭈글쭈글한데다 흙먼지가 잔뜩 묻어있었다. 당장 갖다버려도 시원찮은 상태였다. 박스더미는 거의 시은의 키에 육박할 정도로 높다랗게 쌓여있었다. 너무 더러워 손을 대기가 겁났다. 발을 들어 박스를 찌그러뜨리기 전, 부인이 거센 비명을 지르며 시은을 말렸다.

"박스는 그냥 여기 두고 나가요, 나가."

부인은 온힘을 다해 시은을 밀어냈다. 시은은 어리둥절한 상태로 베란다에서 밀려나왔다. 폐지 수집하는 사람도 거절할 만큼 엄청나게 더러운 박스를 그대로 둔 이유가 궁금했다.

저런 빈 박스에 아름다운 기억과 추억이 있을 리는 없다.

할 일을 잔뜩 남겨둔 채 아무 것도 하지 못하고 뒤돌아서
려니 찝찝했다. 이런 마음을 아는지 모르는지 부인은 베란다
에서 시은을 쫓아내듯 몰아세우고 그 뒤를 따라나왔다. 시은
은 아쉬운 마음에 박스를 다시 바라보았다. 아무도 없는데 박
스가 파도를 타듯 조금씩 움직였다. 뒤죽박죽 쌓인 박스가 서
서히 무너지는지 모양이었다.

굳센 의지와는 달리, 시은은 새로 맡게 된 집을 깨끗하게
청소하지 못했다. 집이 너무 넓어서도, 이미 너무 많이 지저
분해서도 아니었다. 시간이 갈수록 부인은 집을 청소하는 작
업에 본능적인 거부감을 드러냈다. '그냥 있는 그대로'가 부
인의 신조인 듯했다.

시은이 어딘가를 청소하거나 정리할라치면 부인이 득달같
이 달려와 시은을 만류했다. 이 넓은 집에서 시은이 어디에서
무엇을 하고 있는지 자세하게 알고 있는 듯 그 행동이 잽쌌다.

시은이 하는 일이래야 욕조를 깨끗이 닦고 올이 다 풀린
오래된 수건을 접어 수납함에 차곡차곡 쌓고 부엌 바닥 얼룩
을 열심히 닦거나 테이블 위 먼지를 잽싸게 훔치는 정도였다.

나머지 시간은 넓은 집을 어슬렁거리거나 방에 들어앉았다. 청소할 것이, 정리정돈할 것이 사방에 쌓여있는데 일하지 못하는 스트레스가 시은을 짓눌렀다.

드디어 스트레스에서 해방될 시간이 다가왔다. 해야 할 일이 생겼다. 가장 자신 있는 청소와 정리정돈이 아니라 요리였지만, 고객을 실망시키고 싶지 않았다.

"나나 내 아이나 입맛이 까다롭지 않으니 요리 솜씨는 걱정하지 않아도 돼요. 그냥 먹을 수 있을 정도면 괜찮아요. 채소과일 좋아하는 놈, 고기 좋아하는 놈, 인스턴트 좋아하는 놈, 식성이 제각각인데 음식만 갖다 주면 잘 먹어요."

채소과일, 고기, 가공식품이라. 그렇다면 부인에게는 자녀가 세 명 있다는 뜻일까. 괜히 채소와 과일을 좋아하는 사람은 말랐을 것 같고, 고기를 좋아하는 사람은 다부진 체격을 가졌고, 가공식품을 좋아하는 사람은 뚱뚱할 것 같다는 선입견이 먼저 들었다.

부인은 자녀가 좋아한다는 메뉴를 읊었다.

"내가 몇 가지는 미리 준비했어요."

부인은 자신만만했지만, 미리 준비해두었다는 재료는 시간이 오래 흘러서인지 신선하지 않았다. 시들어가는 채소와 상하지 않았을까 걱정되는 고기가 전부였다.

　"아이들 갖다 줄 거라 많이 준비해야 해요. 예전에는 내가 다 마련했는데, 이제는 벅차네요."

　부족한 재료는 슈퍼마켓에서 사기로 했다. 부인이 그곳으로 안내해주겠다고 나섰다.

　"요즘 통 장을 못 봐서 이것저것 살 것이 많아요."

　부인의 목소리에 활기가 넘쳤다. 시은 역시 할 일이 생겨 의욕이 솟았다. 쌀 한가마니도 번쩍 들고 올 기세로 부인을 따라나섰다. 높은 담 사이로 난 도로를 지나 한참 걷자 평범한 다세대주택과 빌라가 모인 동네가 나타났다.

　슈퍼마켓에 들러 감자, 바나나와 같은 채소와 과일, 돼지고기와 쇠고기, 냉동피자와 핫도그, 치킨너겟, 식빵, 크림치즈, 딸기잼 등을 장바구니에 담았다. 다른 장바구니에는 아이스크림 여러 통과 과자를 가득 담았다. 부인은 평온한 표정으로 슈퍼마켓을 샅샅이 살폈고, 시은은 장바구니에 물건을 담고 또 담았다.

쌀가마니라도 들고오겠다는 비장한 각오로 나섰던 탓일까. 빌라로 돌아가는 시은의 양손에는 물건이 가득 담긴 비닐봉지 여러 개가 들렸다. 부인은 연신 괜찮냐고 물었고 시은은 미소를 지으며 힘들지 않은 척 연기했다. 지금 이 한방으로 며칠간의 아쉬움과 게으름을 싹 없앨 수 있어 기뻤다.

온 힘을 짜내 버티며 부인의 뒤를 따라 걷는데 부인이 휘청했다. 시은은 양손에 든 비닐봉지를 골목에 내려놓고 다급하게 부인을 불렀다.

"어디 편찮으세요?"

"괜찮아요. 요즘 바깥나들이를 하면 꽤 피곤하네요. 아무래도 나이가 들어 그런가 봐요."

부인이 다시 걷기 시작했기에 시은은 부인을 바라보며 다시 양손에 비닐봉지를 들었다.

길을 걷다 부인이 다시 멈추고 벽에 손을 대고 한참 쉬었다. 급히 다가가니 부인의 상태는 말짱했다. 부인은 바닥을 내려다보고 있었고, 눈길이 닿는 곳에는 누군가 버린 듯한 아이 장난감과 인형이 있었다. 이걸 내다버린 사람은 누구라도 주워가기를 바랐겠지만, 지저분한 쓰레기를 가져갈 사람은 없었다. 원색의 플라스틱 장난감 곳곳에는 곰팡이가 피었다. 분명 한때는 새하얀 빛깔이었을 인형의 털은 꼬질꼬질했다. 그을린 흔적도 역력했다. 시은은 쓰레기 투기범에게 화가 났다.

부인은 장난감과 인형을 한참 만지더니 주머니에서 주섬주섬 무언가를 꺼냈다. 차르르 소리를 내며 눈앞에 등장한 것은 거대한 비닐봉지였다. 부인은 버려진 장난감을 비닐봉지 안에 주워 담았다. 시은은 부인을 도왔다. 덩치가 있는 인형은 담지 못했지만, 나머지는 부인이 가져온 비닐봉지 두 장에 나눠 담겼다.

부인이 봉지를 들기에 시은이 외쳤다.

"제가 들게요. 이거 어디에 둘까요? 제가 잽싸게 갖다 버리고 올게요."

비닐봉지를 들고 어딘가로 갈 행동을 취하자, 부인이 절레절레 고개를 흔들었다.

"버릴게 아니라 집까지 가져갈 거예요."

"네?"

시은은 아무 말도 못했다. 범죄에 연관되거나 사회규범에 저촉되는 일이 아닌 이상, 유어서비스 직원은 고용한 이의 명

령에 따라야 한다. 그렇다면 이걸 집으로 들고 가야 한다. 시은은 제대로 이해한 건지 몇 번이고 곱씹었지만, 부인은 이것을 집까지 가져갈 모양이었다. 왜냐고 묻고 싶었다. 쓰레기를 왜 집까지 가져가는지. 하지만 시은은 입을 다물었다.

"요즘 애들은 이런 장난감을 좋아하나 봐요. 우리 애도 좋아하려나."

부인은 연신 비닐봉지 안에 든 장난감이 마음에 드는 눈치였다. 부인의 자녀는 이런 유아용 장난감을 갖고 놀 나이는 아니다. 분명 자녀의 자녀, 그러니까 부인의 손주를 말할 것이다.

부인은 자린고비인걸까? 막대한 재산을 가지고 있으면서도 쓰레기를 주워 손주에게 선물하는 인색한 할머니일 수도 있다. 부인의 자녀가 이걸 받고 어떤 생각을 하고 어떻게 받아들일지 궁금했다.

이때 시은의 머릿속에 저장강박증이라는 단어가 떠올랐다. 저장강박증은 쓸모없는 물건을 버리지 못하고 모두 모아두는 증상이다. 가진 물건을 버리지 못하는 것은 물론 쓰레기까지 주워모으는 경우가 많다. 지금 부인의 행동과 딱 맞는다. 집이 워낙 넓어 그 결과가 쉽게 드러나지 않았을 뿐, 매번 쓰레기를 모았을 지도 모른다. 집에 쌓인 낡고 지저분한 가구 역시 누군가 버린 쓰레기였던 게 아닌가 의심스러웠다.

시은은 슈퍼마켓에서부터 들고 온 비닐봉지에 장난감봉지 하나까지 더 들었다. 또한 봉지 사이에 인형을 쑤셔 넣어 떨어지지 않게 했다. 부인이 나머지 장난감봉지를 들었다.

끙끙대며 짐을 들고 한발 한발 내딛다보니 드디어 웅장한 모습을 뽐내는 빌라 대문이 보였다. 대문 계단은 열 개가 채 안되지만, 지금은 비명이 나올 만큼 가파르고 길게 느껴졌다. 시은은 들고 있던 비닐봉지를 대문 안에 놓아두고 부인의 장난감봉지까지 건네받아 내려놓았다.

드디어 끝이다. 이제 하나씩 집안으로 옮겨놓으면 된다.

안도의 한숨은 곧바로 사라졌다. 부인이 누군가와 말다툼을 벌이고 있었다.

"안 된다니까 절대, 절대 안돼요."

부인의 앞에 양손에 도구를 들고 있는 젊은 남자가 서있었다. 시은이 이 집에 온 첫날 창밖으로 본 사람 같았다.

"죄송합니다, 사모님. 저희도 어쩔 수 없어요. 공동주택에는 소독을 해야 한다는 법이 있어요. 그런데 사모님 댁만 오랫동안 안 돼서요. 이번에는 꼭 작업을 해야 합니다."

"가까이 오지 말아요."

부인은 손사래를 치며 남자를 밀어내고는 도망치듯 달려갔다. 시은은 비닐봉지에 든 짐을 그대로 두고 그 둘에게 달려갔다.

"무슨 일인가요?"

"오층에 거주하는 분이신가요? 이번에 방제작업을 하는데, 사모님 댁만 빠졌어요. 꼭 좀 부탁드립니다. 사모님은 절대로 안 된다고 하시니."

"절대로 안 돼!"

부인은 저 멀리서 큰 소리를 치고 안으로 들어갔다. 부인의 목소리에 공포가 가득했다.

"사모님이 워낙 화학제품에 예민하세요."

"저도 말씀은 들었습니다만, 저희가 사용하는 제품은 인간한테는 무해합니다. 저희가 뿌리는 양으로는 절대 해가 되지 않아요. 이 빌라는 정원이 넓어 벌레가 엄청 많거든요. 아무리 방제작업을 해도 한곳만 빼놓아도 효과가 없는데 사모님 댁만 계속 건너뛰었어요."

"사정은 이해하겠지만 사모님이 기겁을 하시니까요. 화학제품에 민감하신지 세제도 쓰지 않으세요. 살충제는 더더욱 안 될 것 같아요."

"혹시 방법이 없을까요? 사모님이 며칠 여행을 떠나시거나, 자리를 비울 때 살짝 뿌리면 되는데……."

"제가 결정할 사항은 아닙니다."

"그럼 엘리베이터나 복도에라도 뿌리게 해주세요. 사모님은 복도에도 살충제를 못 뿌리게 하시네요."

옮길 짐이 한가득인데다 냉장, 냉동식품이 많아 애가 타는데, 이 남자는 하염없이 이야기를 이어갔다.

"사모님한테 잘 말씀해주세요. 절대 해가 안 되도록 살짝 뿌리겠습니다. 환기만 잘하면 아무 흔적도 남지 않아요."

환기하면 흔적이 남지 않는 살충제라니 효과가 있는지 의아했지만, 시은은 멍하니 서있다 정신을 차렸다. 물건을 옮겨야 했다. 남자에게 고개를 숙여 양해를 구하고 비닐봉지가 놓인 곳으로 향했다. 먼저 슈퍼마켓에서 산 음식이 든 비닐봉지를 들고 엘리베이터에 올랐다. 실랑이를 벌이는 동안 아이스크림이 녹지 않았을지 걱정됐다.

집안으로 들어서니 고요했다. 시은은 사온 음식을 냉장고에 분류해 넣었다. 다시 밖으로 나가 썩 내키지는 않았지만 장난감과 인형쓰레기까지 모두 집안에 들여놓았다.

가져온 물건을 정리하고 난 후에도 부인은 나타나지 않았다. 부인을 기다리며 거실과 부엌에 있는 가구를 바라보았다. 한때 부인과 그 가족의 기억과 추억이 깃든 제품이라 여겼는데, 이제 모두 쓰레기 같았다.

무엇을 해야 하나 고민하다 아무 할 일이 없어 방으로 들어갔다.

부스럭거리는 소리가 들렸다. 밖에서 나는 인기척인가 싶어 방을 나서려다 흠칫 놀랐다. 엄지손가락만한 바퀴벌레가 눈앞에서 잽싸게 사라졌다. 시은은 바퀴벌레를 정말, 엄청나게, 무지막지하게, 어마무시하게 싫어한다. 거미도, 파리도, 나방도, 심지어 송충이도 이렇게 싫어하지 않는다. 집에 들어온 귀뚜라미의 뒷다리를 들어 바깥으로 내보낸 적도 있었고,

친구의 머리에 붙은 딱정벌레를 손으로 잡아 날려버리기도 했다. 그러나 바퀴벌레만큼은 아니다. 바퀴벌레는 평온한 일상을 무너뜨리는 잔혹한 침입자에 불과했다.

온 몸에 소름이 돋았다. 당장 바퀴벌레를 찾아내 없애버리고 싶었다. 하지만 그럴 수는 없었다. 지금 이 방에는 길거리 출신일지도 모를 낡고 오래된 물건과 가구가 가득했다. 지금 눈앞에서 사라진 바퀴벌레를 찾겠다고 방에 깔린 러그나 소파 밑바닥을 들췄다가는 다른 바퀴벌레까지 등장하는 무서운 상황에 처하게 될 것이다. 게다가 집주인은 살충제라면 치를 떠니, 이 공간은 바퀴벌레를 비롯한 온갖 벌레가 살기에는 최적의 조건이었다. 모든 가구와 가전제품, 그리고 벽 너머의 공간까지도 무섭고 두려웠다.

어쩌지 못하고 우왕좌왕하다 다시 거실로 나갔다. 그래봤자 이곳도 쓰레기 같은 가구와 물건 천지였다. 시은은 다시 방안으로 들어서지 못하고 거실을 왔다 갔다 하며 시간을 보냈다. 한번 거대한 바퀴벌레를 보고 나니 소파에 앉는 게, 러그에 맨발을 내딛는 게, 어딘가에 몸이 닿는 게 꺼려졌다.

거실에서 혼란한 마음을 진정시키지 못하는 사이, 드디어 부인이 나왔다.

"할 일이 태산인데, 그 녀석 때문에……."

부인의 안색이 창백했다. 시은은 의자를 대령했고 부인은 쓰러지듯 의자에 앉았다.

"무슨 일이 있어도 절대 그 놈을 여기에 들여보내서는 안 돼. 절대로. 집이건 복도건 엘리베이터건 어디든 안 돼."

부인은 한참동안 혼잣말처럼 투덜댔다.

지금까지 온갖 것에 예민하다는 사람을 많이 만났다. 부인의 사례가 절대 특별한 건 아니다. 그래도 살충제 때문에 이렇게 금방 상태가 나빠지는 사람은 보지 못했다. 이건 땅콩 알레르기가 있는 사람이 땅콩이라는 단어만 듣고 알레르기 반응을 일으키는 것과 비슷하다. 살충제를 뿌리겠다는 말만 들었을 뿐인데 몸이 안 좋아질 정도이니, 부인의 거부감은 장난이 아니었다.

"오늘은 많이 늦었으니 음식은 내일 준비해야겠네요."

"괜찮으세요?"

"괜찮아요. 좀 쉬면 좋아지겠지."

부인은 의자에 앉아 있다 다시 방으로 들어갔다. 시은은 혼자 남겨진 채 퇴근시간을 맞았다.

엘리베이터를 타고 일층에 도착하자 아까 정원에서 만난 남자가 서 있었다. 나올 시기를 노려 기다린 것은 아닐 텐데도, 꼭 시은을 기다린 것 같은 자세였다.

"죄송하지만, 사모님을 설득해 주세요. 살충제를 뿌려야 하는데 몇 달째 그곳만 못했어요."

이 남자는 계속 작업이 어떻고, 살충제 성분이 무엇이고, 어떤 벌레를 잡는지 이야기했다. 그러나 시은의 머릿속에는 하나도 들어오지 않았다.

"사모님이 워낙 예민하셔서 살충제는 절대 안 돼요."

이 남자와 대화를 나눈 것만으로도 상태가 안 좋아졌는데 살충제를 직접 뿌렸을 때는 어떨지 상상이 되지 않았다.

"사모님 댁만 빠지면 아무 소용없어요. 다른 분도 피해를 보는 데다 벌레구제도 불가능해요."

까맣게 잊고 있던 방안의 커다란 바퀴벌레가 떠올랐다. 바퀴벌레는 싫었지만 그렇다고 화학제품은 절대로 안 된다는 부인의 뜻을 거스를 수는 없었다.

"죄송합니다. 제가 결정할 일은 아니에요."

"그럼 복도만이라도 뿌리게 해주세요. 사모님은 그것도 절대 안 된다고 하세요. 엘리베이터나 정원도 절대 금지라니. 관리소장님도 사모님을 설득해보라며 뒷전인데, 방제작업을 미룰 수는 없답니다."

아무리 남자가 설득하고 하소연한들 시은이 결정할 사항은 하나도 없었다. 남자의 열정은 높이 사나 남자의 뜻이 받아들여지기는 불가능했다. 시은은 고개를 숙여 인사하고 빌라를 나섰다.

다음날 빌라를 들어서며 시은은 정원을 살폈다. 혹시라도 그 남자가 있을까 해서였다. 엘리베이터를 타고 오층에 오르기까지 그 남자는 보이지 않았다.

이날은 하루 종일 요리를 만들었다. 재료를 다듬고 썰고 자르고 볶고 삶고 튀겼다. 부인은 멀찌감치 선 채, 요리를 지시했다. 완성된 요리는 커다란 반찬통에 담았다. 퇴근시간이 되어 부엌 바닥에 놓인 반찬통을 어디에 두나 냉장고의 빈 공간을 확인했다.

"그건 내가 알아서 할 테니 퇴근하세요."

"네? 제가 해야 할 일인데요."

"괜찮아요."

주말을 보내고 빌라에 도착하니 반찬통은 그 상태 그대로 부엌 바닥에 있었다. 아직 쌀쌀하다고는 하나, 점점 기온이 오르고 있었다. 완연한 봄이었다. 이틀간 상온에 그대로 둔 음식이 상하지 않았을까 걱정됐지만, 부인은 무사태평이었다.

이번에는 냉동식품을 조리했다. 냉동피자와 핫도그는 전자레인지에 데우고 치킨너겟과 돈가스는 굽고 튀겼다. 시은은 부인의 주문대로 조리를 하면서도 이상했다. 냉동식품은 자녀 집에서 조리하는 게 낫다. 분명 그곳에도 부엌과 전자레인지와 가스레인지, 프라이팬이 있을 것이다. 여기에서 조리해 가져가면 모두 식고 굳어있을 게 뻔하다. 다시 음식을 데운들 그 맛이 제대로 나지 않는데도, 부인은 완벽하게 조리된 상태를 고집했다.

냉동식품 요리가 모두 끝났다. 음식이 든 반찬통을 지하주차장으로 옮겨놓았다. 운전기사 차량서비스가 도착하자 짐을 싣는 것을 도운 후 오층으로 올라왔다. 부인은 긴 옷을 입고 마스크를 쓴 채 떠날 준비를 했다. 부인의 발아래에 쇼핑백 여러 개가 있었다.

"이건 아이들 거니까 조심해서 옮겨주세요."

쇼핑백은 가벼웠다.

"내가 없으면 직원이 복도나 엘리베이터에 살충제 뿌리려고 득달같이 달려들 테니 절대 못 뿌리게 하세요."

부인은 운전사의 부축을 받아 차에 올랐다. 부인의 손에는 자녀의 주소가 적힌 종이가 들려있었다. 주소가 꽤 길었다. 생각보다 부인의 자녀가 많은 게 틀림없었다.

부인이 떠나자 시은은 다시 엘리베이터에 올라 부엌으로 갔다. 설거지거리가 쌓여있었다. 남은 음식은 냉장고와 냉동고에 넣었다. 냉동실을 가득 채웠던 아이스크림 통이 모두 사라져있었다. 분명 부인이 아이스크림을 챙기지 않았다. 설령 시은의 눈을 피해 아이스크림을 가져갔다 해도 바로 녹아버린다. 그 많던 아이스크림이 어디로 사라졌을지 궁금했다. 시은은 아무도 없는 빈 빌라에서 혼자 아이스크림을 먹는 부인을 상상했다.

부엌과 다용도실에 있는 쓰레기를 버려야 할 차례였다. 집

곳곳에 있는 상당한 물건이 쓰레기였지만, 부인에게는 쓰레기가 아니니 버리고 싶어도 참아야 아니 버려야했다.

쓰레기를 버리러 지하주차장에 있는 쓰레기분리수거 처리장에 갔다. 음식물쓰레기를 버리고 생활쓰레기와 재활용쓰레기를 모두 버리고 돌아서려다 흠칫 놀랐다. 어느새 그 남자가 눈앞에 있었다.

"오층 사모님이 외출하시던데, 그 사이 작업하면 안 되나요?"

"아이고. 안돼요, 안 돼."

"제발요."

잽싸게 엘리베이터로 향하는 시은 뒤로 그 남자가 외쳤다.

"엘리베이터와 복도만이라도 살충제 뿌리게 해주세요."

남자의 집요함이 피곤했지만, 직업의식이 투철한 탓이려니 생각했다.

부인이 없는 집에는 고요와 더러움만이 남았다. 모든 곳을 박박 문지르고 닦고 청소하고 싶었지만 그럴 수는 없었다. 시은은 수건을 빨아 너는 것을 마지막으로 일을 마쳤다.

퇴근을 하려고 방에 들어가 트렌치코트를 입으려고 팔 한

쪽을 소매에 집어넣은 순간, 옷에서 무언가가 툭하고 떨어졌다. 옷에서 떨어진 그것은 순식간에 사라졌지만, 보지 않아도 분명히 알 수 있었다. 언젠가 이 집에서 본 손가락만한 바퀴벌레였다.

처음 바퀴벌레를 보았을 때보다 더 소름돋았다. 바퀴벌레가 시은의 옷에 있었다. 시은은 트렌치코트를 샅샅이 검사했다. 더 이상 바퀴벌레를 발견하지 못했지만, 두근거리는 심장은 쉽게 진정되지 않았다.

트렌치코트는 입지도 못하고 그냥 들고 빌라를 나섰다. 몸이 계속 근질거리고 바퀴벌레가 있으면 어쩌나 걱정하고 놀라고 진정하기를 반복했다. 온몸을 털고 쓸어내려도 한번 놀란 가슴은 여전히 쿵쾅댔다.

집에 도착하자마자 시은은 입고 있는 옷과 트렌치코트를 세탁기에 넣고 돌렸다. 마음 같아서는 몇 번이고 다시 돌리고 싶었지만, 밤새 세탁기 소리가 나면 옆집과 아랫집에 피해가 가기에 참았다. 세탁기가 작동하는 동안 온몸을 깨끗하게 씻었다. 상쾌한 기분으로 방안에 들어섰지만 불안했다. 혹시나 바퀴벌레가 옮겨왔을지도 모른다. 설마 그럴 리는 없겠지만,

더 이상 이 방이 안전하게 느껴지지 않았다.

원룸을 샅샅이 청소했다. 바닥에 떨어진 먼지나 머리카락을 청소기로 빨아들이고 바닥에 묻은 얼룩을 지우는 차원이 아니었다. 봄맞이 대청소도 해야 했지만, 목표는 수색에 가까웠다. 어딘가에 숨어 있을지 모를 바퀴벌레를 떠올리며 살충제를 곳곳에 뿌렸다.

다음날 출근해서 혼자 어디에 앉거나 기대지도 못하고 내내 서성거렸다. 옷이나 가방도 비닐백에 넣고 꽁꽁 묶은 뒤에야 내려놓을 수 있었다.

부인이 늦은 오후에 주차장으로 내려오라고 연락했다. 자녀들 집 순례가 끝났다. 집에 가서 음식만 전해주고 올 리는 없다. 그동안 어떻게 지냈는지 안부를 묻고 이야기를 나누고 최소한 밥 한 끼는 같이 먹고 차를 마실 시간이 필요하다. 자녀가 여러 명인 것 같았는데 방문시간이 지나치게 짧았다. 부인은 음식만 넘겨주고 만남을 후딱 끝내버린 모양이었다.

부인이 시은을 미리 호출한 이유가 있었다. 부인이 타고 온 차 화물칸에 엄청난 물건이 실려있었다. 장을 본 물건이 담긴 비닐봉지와 분명 누군가 버린 책과 신문지 몇 묶음, 의자와 소파, 레코드판 묶음이었다. 의자와 소파 앉는 부분에 먼지가 잔뜩 끼어 원래의 색깔을 가늠하기 힘들었다.

부인이 먼저 빌라로 올라간 후, 시은은 운전기사와 함께 짐을 날랐다.

"도대체 사모님이 왜 이런 쓰레기를 주우시는지 모르겠어요."

"저도 잘 모르겠어요."

"가다 말고 멈춰라, 저걸 가져가야 한다고 어찌나 닦달을 하시는지. 차를 아무데나 못 댄다고 설명했는데도 이렇게 많이 주우시더라고요."

"힘드셨겠네요."

"이게 일이니까 어쩔 수 없죠."

운전기사의 얼굴은 피곤에 절어있었다. 그다지 피곤해보이지 않던 부인과는 영 딴판이었다.

"밤새 계속 어디로 가자고만 하셔서 정말 고생했어요."

"밤새 다녔다고요? 자녀분도 힘드셨겠네요. 아무리 엄마라도 밤중에 찾아오면 그것도 문제잖아요."

"자식요? 제가 간 곳은 아무도 없고 모두 빈집이던데요."

"빈집이었다고요?"

"가는 곳 모두 사람이 없어서 세놓을 집인가 생각했어요."

"정말요?"

"거기에다가 반찬통이랑 쇼핑백 놓고 사모님만 잠깐 계시다가 나오셨어요."

운전기사는 짐을 모두 옮긴 후 '가다가 졸지는 말아야 할 텐데.'라고 걱정하며 빌라를 떠났다. 장을 봐온 음식은 부엌에서 정리하고 의자와 소파는 부인이 원하는 대로 거실 가구 사이에 배치했다. 책과 신문지, 레코드판은 부인이 치우겠다고 했다.

넓었지만 이미 많은 가구로 꽉 차있던 거실은 추가된 가구로 인해 더 복잡해졌다. 소파 뒤에 대형폐기물 스티커가 야무지게 붙은 것을 보니, 이건 확실히 누군가 버린 물건이었다. 시은은 이해할 수 없는 부인의 기행에 다시 한 번 혀를 찼다.

장을 보는 일은 이제 오로지 시은의 몫이었다. 항상 사던 대로 냉장, 냉동식품과 아이스크림, 과자를 많이 샀다. 부인의 주문을 받아 프라이드치킨이나 햄버거, 삼계탕, 피자 같은 메뉴도 준비했다. 주말에 냉장고에 둔 음식이 사라지는 것을 보면 자녀나 지인이 찾아오는 듯했다.

부인은 다시 자녀를 만나러 간다며 음식준비를 시켰다. 이번에도 냉장, 냉동식품 조리가 빠지지 않았다. 음식을 들고 집을 비운 한밤중에 홀연히 등장하는 저장강박증 엄마를 둔 부인의 자녀가 불쌍했다. 그래도 시은은 부인이 시키는 대로 음식을 준비했다. 자녀 입장에서야 불만에 가득 차 욕을 퍼붓겠지만, 그건 시은이 알바 아니었다.

이번에도 슈퍼마켓에 가 잔뜩 장을 봤다. 빌라까지 낑낑거리며 장을 본 물건을 들고 오면서도 부인이 함께 따라나섰다가 골목 쓰레기를 들고 간다고 하지 않아 다행이라고 여겼다.

쇼핑한 물건을 넣으려고 냉장고 문을 열었다가 깜짝 놀랐다. 이번에도 바퀴벌레였다. 냉장실에서 바삐 움직이던 놈은 시은이 깜짝 놀라 온몸이 굳어있는 사이, 냉장실을 빠져나와 유유히 사라졌다. 분명 바퀴벌레가 생존력이 뛰어나다고는 하나 냉장고에서도 살 줄은 몰랐다.

당일에도, 다음날도, 또 다다음날도 부인은 요리를 요청하지 않았다. 부인이 혼자 요리를 했나 냉장고를 봤지만 요리재료는 여전히 그대로였다. 냉동식품은 상관없겠지만, 이러다 채소가 시들고 다른 음식재료가 상할까 걱정됐다. 바로 요리할 줄 알고 냉장실에 두었던 고기와 생선을 냉동실로 옮겼다. 그 사이 아이스크림만 여러 통 사라졌다.

드디어 부인이 시은에게 요리를 요청했다. 며칠 동안 마음을 태웠던 요리재료가 드디어 빛을 발할 시간이었다. 지난번처럼 반찬을 만들고 냉장, 냉동식품을 모두 조리했다.

요리가 완성되자 부인은 다시 유어서비스에서 나온 차를 타고 떠났다. 이번에는 지방을 다녀오는 일정이라 며칠 걸릴 예정이었다. 서울 방문 때도 여러 곳을 찾았는데 이번에는 지방이라니. 도대체 부인의 자녀가 몇 명인건지 궁금했다. 아니면 부인의 자녀가 지방으로 옮겼을까.

부인을 배웅하고 돌아서는데 이상한 바람이 불었다. 그럼 그렇지. 남자가 시은 앞에 나타났다. 표정이 다급하고 간절하고 진지했다.

"사모님이 또 외출하시네요. 지금 아래층에서 계속 벌레가 나온다고 얼마나 난리인지 모르겠어요."

여느 때 같으면 냉정하게 돌아섰을 것이다. 하지만 시은은 자꾸 나타나는 바퀴벌레가 떠올라 그러지 못했다.

"사모님 오시기 전에 잽싸게 뿌릴 테니까 제발 부탁드립니다."

"이번에 사모님이 오랫동안 자리를 비우세요."

시은은 왜 남자에게 부인의 오랜 부재를 이야기했을까. 그 순간 남자의 눈빛이 달라졌다. 눈에 번개가 친 것처럼 밝은 섬광이 지나갔다.

"그럼 더 잘 됐네요. 제가 빨리 약 뿌리겠습니다. 며칠 지나면 냄새나 흔적이 전혀 남지 않을 테니 이번이 기회겠네요."

남자의 목소리는 들떴다.

"사모님이 워낙 살충제에 민감하세요. 저번에도 고생하시더라고요."

"솔직히 여기 정원이나 주차장만 해도 살충제를 얼마나 뿌리는데요. 그런데 아무렇지도 않다가 저만 보면 비키라고 화내시는 게 말이 안 되죠. 정말 예민하시면 아까 주차장에 잠간 계셨어도 상태가 나빠지셨어야죠. 어쩌면 꾀병일수도 있어요."

남자의 말이 제법 그럴싸했다. 살충제에 대한 거부가 실제가 아닌 심리적인 문제이거나 허상일 수 있었다.

마음이 동요됐다는 것을 남자가 눈치챘는지 말투가 다급해졌다.

"환기만 잘하면 괜찮아요. 며칠 있다 오신다면서요. 사모님이 오셔도 어떤 낌새를 못 채실 거예요. 그 사이 벌레는 죽고요."

어느새 승리의 깃발은 남자에게 넘어갔다. 시은은 열정에 가득 찬 남자의 말을 계속 듣는 수밖에 없었다.

솔직히 말해 환기만 잘하면 아무런 문제가 없을 거라는 남자의 아이디어가 괜찮게 느껴졌다. 평소 같으면 거절했겠지만 지금은 그 계획이 꽤나 끌렸다.

시은은 남자의 말을 경청했다. 당장이라도 살충제를 듬뿍 듬뿍 뿌리고 싶었다. 부인의 신신당부가 냉장고나 옷을 가리지 않고 나타나는 바퀴벌레를 없애주지는 않는다. 오로지 이 남자가 사랑하는 살충제만이 바퀴벌레를 없앨 무기였다.

"정말로 해가 없나요? 환기를 하면 어떤 흔적도 안 남고요?"

"그럼요. 그건 제가 백퍼센트 보장합니다. 인간한테는 아무런 해가 없어요."

시은은 어느새 그 남자의 방제 방법을 진지하게 들었다. 남자는 반쯤은 설득됐다고 생각했는지 끈질기게 시은을 물고 늘어졌다.

옷에 붙어있던 벌레, 욕실에서 볼일을 보는 중에 잽싸게 사라졌던 벌레, 갑자기 어디선가 튀어나와 놀라게 했던 벌레. 청소를 원하지 않고 누가 버렸는지도 모를 쓰레기를 즐겨모으는 부인 탓에 집안에는 엄청난 바퀴벌레 군단이 숨어 있을 것이다. 부인이 자리를 비운 사이, 재빨리 살충제를 뿌리는 게 유일한 해결책이다.

"정말 아무 해가 없죠? 며칠 지나면 약효도 안 남고요?"

몇 번이고 남자에게 확답을 받고 싶었다.

"그럼요. 그건 확실해요."

남자는 당장이라도 약을 뿌릴 기세였다. 입가에 실룩실룩 웃음꽃을 피웠다.

"금방 기다리세요. 제가 바로 약을 가져올게요."

남자는 손에 든 도구를 내려놓고 어딘가로 바삐 뛰어갔다. 짧은 시간 시은의 마음이 변할까 두려워하는 것이리라. 순식간에 남자가 방제도구를 들고 달려왔다.

둘은 빌라 엘리베이터로 향했다. 엘리베이터에 타자마자 남자는 약을 쳤다. 엘리베이터에서 내리자마자 복도에도 흘러내릴 정도로 듬뿍 뿌렸다. 그동안 방제작업을 하지 못한 한을 한꺼번에 풀려는 것 같았다.

복도 곳곳에 약을 뿌리고 남자와 시은은 오백일호 현관문 앞에 섰다. 이 앞에서 시은은 다시 망설였다. 부인의 숨겨진 사생활을 알지도 못하는 이에게 고스란히 내비치는 일이 꺼려졌다. 게다가 부인이 가장 싫어하는 사람이라면 그건 더더욱 안 될 일이다. 하지만 남자는 얼른 집안으로 들어가고 싶어 안달 났다.

"집은 공개하기 곤란해요. 아무래도 제 집도 아니고요."

"그럼 안 되는데요. 엘리베이터랑 복도만 뿌려서는 아무 효과가 없어요."

남자는 침울해졌다. 한참 골똘히 생각하다 남자가 입을 열었다.

"혹시 직접 뿌리시면 안 될까요? 제가 어떻게 뿌리는지 알려드릴게요. 누구나 쉽게 할 수 있어요. 이걸 갖고 가서 집안 곳곳에 뿌리면 됩니다."

시은이 미처 대답하기 전에 남자는 통 안에 살충제를 부었다. 그리고 시은에게 방제도구를 들려주고는 방법을 일러주었다. 그냥 뿌리고 싶은 곳에 호스를 대고 칙하고 뿌리면 끝난다.

"그럼 부탁드립니다."

남자는 꾸벅 고개를 숙였다. 시은도 말없이 남자가 내민 도구를 받아들었다.

"빠진 곳 없이 곳곳에 뿌려주세요. 여기 오백일호는 한 번도 작업을 못했거든요. 바닥이 젖을 정도로 축축하게 많이 뿌리세요. 아직 약은 많이 남았으니까 다 뿌리면 다시 채워드릴게요."

시은은 집안으로 들어섰다. 어쩌자고 이런 일에 적극 동참하는 신세가 된 건지, 손에 들린 도구를 바라보며 한숨을 쉬었다.

시은이 지내는 방부터 시작했다. 여기는 당분간 혼자 쓸 테니 남자의 말대로 살충제를 듬뿍 뿌려도 상관없었다. 하지만 굳센 의지와는 달리 약을 뿌리는 손에 힘이 생기지 않았다. 이건 명백하게 고객의 요구가 최우선이라는 유어서비스의 규칙을 벗어난다. 자꾸 부인의 당부가 떠올랐다. 그래도 남자의 말을 믿고 할 수 있는 데까지 열심히 뿌려야 한다.

방을 나와 베란다, 부엌, 거실에 약을 쳤다. 거실 복도를 지나며 약을 뿌리다보니, 시은이 한 번도 가본 적 없는 어두운 복도가 나왔다. 이곳을 지나자 또 다른 커다란 거실이 나타났다. 이 거실에는 더 더럽고 오래되어 보이는 쓰레기가 모여있었다. 냄새도 났다. 그곳에서 처음 부인과 장을 보러간 날 주워온 인형을 발견했다. 더러운 소파 위에 오래전부터 그랬던 것처럼 자리를 잡고 있었다.

시은에게 공개하지 않았던 비밀스런 공간을 보니 부인의 증상은 생각보다 더 심했다. 부인의 자녀와 이야기를 할 수 있다면 정신상담을 부탁하련만 그러지 못해 안타까웠다.

시은은 새로 등장한 방과 공간이 너무 많아 이쯤에서 포기했다. 다시 복도를 되돌아 나오다 계단을 보았다. 아마도 다락방으로 올라가는 용도이리라. 그렇다면 그곳이 바퀴벌레의 온상지일 수도 있었다. 보통 사람들은 쓰지 않는 물건을 다락부터 채우는 경향이 있으니까. 시은은 계단을 조심스럽게 올랐다. 계단은 두 사람이 동시에 오를 수 있을 정도로 폭이 넓었다.

계단 끝에 문이 나타났다. 이 문을 열면 다락이다. 시은은 심호흡을 하고 문을 열었다. 분명 부인의 성향을 보건대 이곳에도 온갖 쓰레기가 운집해 있을 것이다. 안까지 들어갈 엄두는 나지 않으니 문을 열고 약을 치고 다시 문을 닫고 계단을 내려와 되돌아가자고 계획했다.

다락방 문을 열고 본 것은 어둠이었다. 실제로 어둡기도 했지만, 복도에 있던 빛이 조금씩 스며들어 서서히 그 안이 설핏 보였다. 그런데 이상했다. 그 공간을 채운 어둠이 조금씩 움직이고 있었다. 처음에는 무언지 몰랐다. 물건이 너무 많이 쌓여있다 시은이 문을 여는 바람에 움직였나 의심했다. 하도 오랫동안 청소를 하지 않아 먼지구덩이가 바람에 흔들리는 건지도 몰랐다. 그러나 그 움직임이 의외로 유연하고 매끄러워서 흡사 어떤 생명체 같았다.

시은은 점차 자신이 꿈을 꾸고 있거나 정신이 몽롱해져 헛것을 보고 있다고 상상했다. 한참동안 멍하니 어둠을 응시한 후에야 그 정체를 알아챘다. 꿈틀거리는 거대한 암흑 더미는 바퀴벌레 떼였다. 지능을 공동으로 소유한 것처럼 바퀴벌레 떼는 어둠속에서 한 마리 거대한 짐승처럼 한 몸으로 자연스럽게 움직이고 있었다. 거대한 바퀴벌레 떼는 일부가 바닥으로 떨어지면 새로운 무리가 합류하면서 계속 새롭게 무너지고 만들어지고 있었다. 문이 열렸고 시은이 지켜보고 있다는 사실을 알아챘는지, 바퀴벌레 떼가 짐승의 대가리처럼 형태를 이루어 시은 쪽을 향했다.

그 후 시은이 무엇을 했는지는 정확히 기억할 수 없었다. 정신을 차린 순간, 눈가에 눈물이 가득한 채로 계단 아래에서 몸을 수그리고 헉헉거리고 있었다. 그나마 천만다행한 일은 다락방의 문을 꼭 닫고 계단에서 굴러 떨어지지 않았다는 사실이다. 아니 무엇보다도 그곳에서 정신을 잃고 기절하지 않은 것이 첫 번째이리라.

몸을 돌려 나가려다 무언가에 발이 걸렸다. 다시 그대로 바닥에 주저앉을 듯 깜짝 놀랐다. 그건 이미 오래되어 구깃구깃해진 아이스크림 빈 통이었다. 그걸 치울 정신도, 기운도 없어 그대로 뒷걸음질 쳤다.

마음을 진정시킨 시은은 들고 있던 도구를 바라보았다. 통에는 남자가 넣어둔 살충제가 찰랑거렸다. 이 집은 이 살충제만으로는 부족하다. 더 엄청난 것이 필요했다. 간혹 바퀴벌레가 한두 마리 나타나 시은을 놀라게 했지만, 이곳에는 어마무시한 바퀴벌레 떼가 존재했다. 부인의 의향이니 맞춰주자는 생각은 이제 더 이상 안 된다. 부인이 집에 사는 바퀴벌레의 존재를 아는지 모르는지는 시은이 알지 못했지만, 이런 상황에서는 부인의 생존도 위험했다.

시은은 눈가에 맺힌 눈물을 닦아냈다. 몇 십 년의 인생을 한순간에 살아낸 기분이었다. 온몸에 힘이 빠져 기진맥진했다. 이 집은, 직업윤리와 책임감만으로는 감당 못할 공간이었다.

살충제를 사방에 뿌려 바퀴벌레 박멸에 일조하고 싶었지만, 그럴 엄두가 나지 않았다. 눈가에는 시커먼 암흑 속에 몇백만, 아니 몇 천만 마리일지도 모를 엄청난 수의 바퀴벌레 떼가 어른거렸다. 귓가에는 닫힌 문 사이로 다닥다닥 소리를 내며 문에 와 부딪치던 바퀴벌레 떼의 질주가 들렸다. 도저히 할 수 없었다.

마음을 추스르고 빌라 현관문을 열었다. 남자가 여전히 그곳에 있었다. 시은은 남자가 흡사 바퀴벌레라도 되는 것처럼 깜짝 놀랐다.

"계속 기다리고 있었나요?"

"하하. 괜찮습니다. 여기가 워낙 넓어 시간이 걸린다 싶었습니다. 오층만 해도 충분히 넓은데 육층까지 작업하시려면 시간이 걸리겠죠."

"육층이요?"

"모르셨나요? 이 집은 오층과 육층을 함께 쓰세요. 안쪽 계단으로 연결돼 있다던데요."

"하학."

단순히 다락방인줄 알았던 공간이 이 넓은 오층 공간의 또 다른 복사판이었다. 그 넓은 공간을 엄청난 바퀴벌레 떼가 가득 채우고 있는 건 아닌가 싶어 소름이 돋았다.

시은이 건네준 도구를 받아든 남자의 표정이 어두웠다.

"살충제를 거의 뿌리지 않으셨네요. 이래서는 효과가 없는데…….."

시은은 당장이라도 남자를 집으로 불러 육층의 공포를 보여주고 싶었다. 이 남자는 어떤 생각을, 표정을, 행동을 할지 궁금했다. 자신의 적인 바퀴벌레를 향해 엄청난 일격을 가할 것인지, 아니면 남자 역시 공포에 질려 시은처럼 충격을 받은 채로 도망칠 것인지 알 수 없었다. 하지만 그럴 수는 없었다. 시은은 애매한 표정을 지은 채 남자에게 도구를 건네주고는 돌아섰다.

"사모님 자리 비우시면 다시 알려주세요. 그때 조금씩 꾸준히 뿌리면 효과가 있을 거예요."

아직도 미련을 버리지 못하고 남자가 소리쳤다. 시은은 남자의 열정 앞에 미안했다.

시은은 거대한 비밀을 혼자서 감당할 자신이 없었다. 당장 도망치고 싶었지만 지금은 부인이 집을 비운 상황이라 할 일은 해야 했다.

열 수 있는 곳의 모든 창을 활짝 열었다. 방과 거실에 바퀴벌레 몇 마리가 죽어 있는 것을 발견하고 휴지에 돌돌 말아

변기에 버렸다. 육층의 비밀을 알지 못한 상태였다면 바퀴벌
레가 몇 마리는 사라졌다고 기뻐했을 테지만, 지금 하수구로
흘러들었을 바퀴벌레는 아무 것도 아니었다. 그래서 시은은
기운이 빠졌다.

　다음날 출근길은 마음이 달라졌다. 어제의 공포는 여전했
지만, 하룻밤 자고 마음을 가라앉히고 났더니 해결해야겠다
는 의지가 솟았다. 그냥 도망칠 수는 없었다. 이 빌라는 시은
이 책임져야 했다. 부인이 돌아오면 그동안 쓰레기를 주워오
고 청소를 제대로 하지 않은 탓에 이 집에 무슨 일이 벌어졌
는지 강력하게 경고해야 한다.
　혼자 힘만으로는 해결이 불가능하니 유어서비스에서 제
공하는 전문적인 청소서비스와 방제서비스를 강력하게 요청
할 계획이었다. 전문가에게 청소를 맡기고 살충제를 뿌려 모
든 벌레의 씨를 말려버려야 한다. 그러자면 부인은 오랫동안
집을 떠나 자녀의 집이나 호텔에서 지내야 한다. 그래도 집은
깨끗해지고 안전한 장소가 되리라.
　물론 부인의 저장강박증은 쉽게 고쳐지지 않을 테니 깨끗

해진 공간을 또 다른 쓰레기로 채울 것이다. 당연히 정리전문
가나 심리상담가 같은 전문가의 처방도 필요하다. 이런 조처
가 유효하다면 당분간 이 공간은 청결하게 남아 있겠지. 문제
는 어떻게 부인을 설득하느냐다. 대화에 서툰 시은이 부인을
제대로 설득할 수 있을지 걱정이었다. 하지만 지금 당장은 그
것만이 유일한 해결책이었다.

　의지를 다지며 부인이 없는 집에서 매일 똑같은 일과를 이
어갔다. 창을 활짝 열어 환기를 시키고 최대한 청소를 하고
물건을 정리했다. 바퀴벌레 사체를 발견하고 버리는 일을 반
복하는 며칠 동안, 이 정도면 환기는 제대로 됐겠다 싶었다.
아무리 부인이 예민하다한들 아무 낌새도 못 느낄 것이다. 가
장 큰 문젯거리는 육층 암흑 속에서 여전히 거대하게 숨어 있
겠지만 말이다.

　"사층에서 바퀴벌레 여러 마리가 발견됐대요. 아무래도 살
충제 살포양이 부족했나 봐요. 혹시 괜찮다면 제가 직접 안에
들어가도 될까요?"

　다시 마주친 남자는 시은을 붙들고 놔주지 않았다. 살충제
를 더 뿌리고 싶어 하는 욕망이 그대로 전해졌다.

아마도 그 바퀴벌레는 오층, 아니 육층에서 나온 것이리라. 당장 남자를 불러 빌라 곳곳에 살충제를 뿌리고 싶었지만, 아직 그럴 수는 없었다. 부인을 먼저 설득하고 벌레 잡는 일에 열심인 이 남자를 집으로 불러야 한다.

　"제가 사모님 오시면 이야기할게요."

　"상황이 심각해요. 아래층에서도 항의가 장난이 아닙니다."

　이미 한번 모종의 공모를 해서인지 남자는 강하게 밀어붙였다. 시은이 부인을 설득하겠다고 아무리 말해도 남자는 시은을 볼 때마다 살충제를 뿌리게 해달라고 졸랐다. 그때마다 남자의 말을 무시할 수밖에 없어 답답했다.

　복도에서 둔탁한 소리가 들렸다. 엘리베이터와 복도가 오백일호 전용 공간인 만큼 다른 사람이 있을 리 없었다. 연락도 없이 부인이 도착했나 싶어 현관문 확인창으로 밖을 확인했지만 아무 것도 보이지 않았다. 시은은 현관문을 열고 밖을 나섰다. 복도 한쪽에서 남자가 살충제를 뿌리고 있었다.

　"지금 뭐 하시는 거예요?"

"아무래도 아래층에서 계속 항의가 와서 죄송하지만 작업을 해야겠어요."

남자는 시은의 날선 목소리에도 뻔뻔하게 작업을 계속했다.

"안돼요. 안 돼. 당장 멈추세요."

만류에도 남자는 작업을 계속했다. 이러다가는 부인이 도착할 시점에도 살충제 성분이 남아 있을게 뻔했다. 시은은 어쩔 수 없이 몸으로 남자를 제지했다. 하지만 남자는 자신의 작업을 멈추지 않았다. 복도에 흐르는 살충제를 바라보며 이 남자 역시 이 일에 집착하고 있다고 생각했다.

"안 된다고요. 당장 멈추세요."

시은이 아무리 소리를 지르고 막아도 소용없었다. 그 사이 누구도 엘리베이터가 오층에서 멈춘 사실을 알지 못했다. 엘리베이터 문이 땡하는 소리와 함께 열렸고, 부인이 창백한 얼굴로 그곳에 서 있었다. 시은은 남자를, 남자는 시은을 막아선 자세 그대로 몸이 굳었다. 부인은 복도를 채 걷지 못하고 쓰러졌다.

"사모님."

엘리베이터로 달려갔다. 남자 역시 갑작스레 부인이 등장하고 쓰러지자 깜짝 놀란 모양이었다. 남자는 도구를 내려놓고 부인에게 달려왔다. 시은은 당장 남자를 쫓아내고 싶었지만 그럴 수 없었다. 지금은 부인을 안으로 모셔야했다. 남자는 시은이 말을 꺼내기도 전에 부인을 둘러업고 현관문으로 향했다.

"어디로 모실까요?"

남자의 얼굴에는 당혹스러움이 가득했다. 시은은 남자를 흘겨보고 현관문에서 가장 가까운 방으로 안내했다. 거실과 방마다 가득한 더러운 가구를 남자에게 보여 주고 싶지 않았다. 지저분한 침대에 부인을 눕히고 시은은 당장 남자를 쫓아냈다.

"당장 나가세요."

남자는 순순히 말을 따랐다.

"오층 사모님이 정말 알레르기가 있으셨군요. 제가 좀 더 약한 살충제를 알아볼 테니, 다음에는 다른 약품을 써보죠. 제가 열심히 조사하겠습니다."

남자는 사람이 쓰러졌는데도 방제작업에만 관심을 보였다. 지독한 사람이다. 시은은 얼른 부인이 쓰러진 방으로 향

했다. 마음속에는 죄송함과 자책감이 가득했다. 유어서비스
나 김 소장이 한소리를 해도 어떤 변명도 하지 못할 엄청난
잘못을 저질렀다. 부인이 제시한 요구사항을 제대로 지키지
못했다. 부인도 정신을 차리면 화를 낼 테고 시은은 꾸중을
듣고 일에서 쫓겨날 것이다.

시은이 물 한잔을 들고 안으로 들어섰다.

"전화……."

"네?"

부인이 무슨 말을 하는지 정확하게 알아듣지는 못했지만,
어딘가로 전화하라는 뜻임은 알 수 있었다. 시은은 부인의 가
방에서 휴대폰을 꺼냈다. 저장된 번호는 없었다. 통화기록을
살펴보는 수밖에 없었다. 통화목록은 얼마 없었고, 그중 몇
건은 유어서비스 회사와의 통화였다. 가장 많이 등장한 번호
로 전화를 걸었다. 통화음이 들렸다. 가까이 사는 부인의 자
녀길 희망하며 시은은 누군가 전화를 받기를 기다렸다. 드디
어 전화가 연결됐다.

"여보세요."

다급하게 상대를 불렀다. 하지만 어떤 대답이 없었고 이상

한 소음만 들렸다. 팩스번호로 잘못 전화했을 때 들리는 삐 소리와 비슷했지만 조금 톤이 낮았다. 전화를 끊고 다시 전화를 걸었다. 이번에도 누군가 전화를 받았지만 이상한 소리만 날뿐, 사람 목소리는 들리지 않았다. 혹시 전화를 받는 이의 휴대폰이 고장일 지도 모른다.

"여보세요. 사모님이 쓰러지셨는데 이쪽으로 전화를 해보라고 해서 전화 드립니다."

시은은 상대편이 들을지도 모른다는 생각에 이쪽의 사정을 설명했다. 전화는 이상한 배경음과 함께 얼마 후에 끊겼다.

"사모님. 전화는 드렸는데 대답이 없어요."

부인은 정신이 없었다. 다른 번호로 전화를 걸어봐야겠다고 휴대폰을 들었다. 그때 부인의 몸이 침대 밖으로 나왔다. 정신을 잃은 상태여서 까딱하다가는 그대로 침대에서 떨어질 것 같았다. 시은은 부인의 팔과 다리를 침대 위로 올렸다.

"사모님, 혹시 다른 연락처 없을까요?"

부인이 의식을 차렸을까 싶어 연락처를 물었지만 부인은 대답이 없었다. 아무래도 구급차를 불러야겠다고 생각했다. 그 순간 부인의 다리 한쪽이 다시 침대 아래로 떨어졌다. 시은은 다리를 잡고 침대 위로 올리려다 깜짝 놀라 뒤로 물러섰다. 부인의 다리가 부서지고 있었다.

두드득 소리를 내며 떨어진 것은 시은이 이집에서 몇 번이고 보았던 그 바퀴벌레 떼였다. 바닥으로 떨어진 바퀴벌레는 어떤 것은 재빨리 구석으로 숨었고, 어떤 것은 비실거리며 주변을 맴돌았다. 부인의 다리에서는 연신 소리를 내며 바퀴벌레가 떨어졌다. 부인의 옷이나 몸에 숨어 있었다기에는 지나치게 그 수가 많았다. 게다가 바퀴벌레가 떨어질수록 부인의 다리가 점점 사라졌다.

비명조차 지르지 못하고 몸이 그대로 굳었다. 공포에 질려 부인을 바라보았다. 다리뿐만 아니라 점차 부인의 팔과 머리 같은 형체가 없어지고 그 자리는 바퀴벌레 떼가 차지했다. 부인의 인간인 몸은 점점 사라졌고 나중에는 아무것도 남지 않았다. 그 대신 새까만 바퀴벌레 떼가 침대와 바닥에 대강의 형태를 이루어 모여 있었다. 시은은 쓰레기가 모인 공간과 이상한 음식 그리고 육층의 거대한 바퀴벌레 무리가 이제야 이해됐다.

방을 나와 시은은 주변을 서성거렸다. 이쯤 되면 당장 이 곳을 떠나야했다. 그럼에도 고용주와의 계약은 어떻게 되나 고민하며 얼마나 주위를 맴돌았던가. 시계를 보고서야 시은 이 아주 오랫동안 서성이고 있었음을 깨달았다.

　시은은 김 소장에게 전화했다. 지금 당장 조언을 받고 싶었 지만, 무엇보다도 인간, 실제 인간의 존재를 느끼고 싶었다.

　"무슨 일?"

　여전히 김 소장은 태평스러웠다.

　"혹시 내가 일을 중간에 그만두면 어떻게 될까?"

　"무슨 일이야? 이시은 씨가 도중에 일을 그만둔 적은 없었 잖아."

　"그렇긴 한데 내가 큰 잘못을 저질러 고객한테 극심한 피 해를 입힌 모양이야. 게다가 고객 쪽에도 엄청난 문제가 있 어."

　시은은 지금 시은이 겪고 있는 상황을 김 소장에게 어디부 터, 어떻게 말해야 할지 난감했다. 바퀴벌레와 쓰레기더미로 가득한 공간에 살고 있는 바퀴벌레 인간이라니 누가 믿겠는 가. 유어서비스는 바퀴벌레 인간도 고객이라고 여길까. 한참 망설이던 시은은 김 소장에게 자세한 사정을 설명하기로 했다. 유어서비스가 알게 모르게 바퀴벌레의 본거지에서 전국으로 바퀴벌레를 퍼뜨리는 일을 도왔다면 문제가 될 소지가 다분했다.

그때 현관 벨소리가 울렸다. 김 소장에게 나중에 다시 걸겠다고 말하고 전화를 끊었다.

시은은 현관문으로 갔다. 남자가 자신의 잘못을 사죄하러 왔겠거니 생각했다. 문을 열었을 때, 시은이 본 것은 온 몸을 둘둘 감싼 한 사람이었다.

"누구세요?"

정체를 알 수 없는 사람은 대답 없이 휴대폰을 들어보였다. 설마 이 사람이 이상한 소리를 냈던 휴대폰 통화자일까. 성별이 모호한 그 사람은 현관문 안으로 들어섰다. 시은은 한쪽으로 자리를 피했다.

"직원이 복도에 살충제를 뿌렸어요. 그때 사모님이 엘리베이터에서 쓰러지셔서."

남자의 행동에는 어느 정도 시은의 책임도 있었다. 구구절

절 그 사연을 소개하자니 갑자기 민망해져 오늘 있었던 사실만을 전달했다. 그 사람은 시은이 가리킨 방으로 들어서며 시은에게 손을 흔들었다.

"네?"

그 사람은 여전히 말없이 손을 흔들었다. 훠이훠이 무언가를 쫓아낼 때 하는 손짓이었다. 시은은 두 손을 모으고 고개를 숙였다. 퇴근시간이 되었다. 아무래도 이 사람의 손짓은 당장 꺼지라는 표시처럼 느껴졌다. 이대로 퇴근해버려도 괜찮은 걸까 고민했다. 방안으로 들어선 그 사람은 침대에 쓰러진 엄마, 아니 바퀴벌레 떼를 보고 무슨 말을 하고, 어떻게 행동할까 궁금했다.

시은은 가방 안까지 샅샅이 살펴 바퀴벌레가 없다는 사실을 확인하고 집을 나섰다.

부인이 쓰러진 방에서는 사람의 목소리가 아니라, 시은이 전화에서 들었던 이상한 배경음이 들려왔다.

" 고객님을 위해서라면
제 한 몸도 다 바칠 수
있습니다 **"**

시은은 고객의 안전을 책임지지 못하고 계약기간이 남았는데도 서비스를 중도에 포기하는 상황에 처하자 깊은 슬럼프에 빠졌다. 아마도 김 소장이 연락하지 않았더라면 슬럼프는 끝없이 이어졌을 것이다. 김 소장은 사정을 아는지 모르는지 업무지시만 내렸다.

"다다음 주부터 출근해야 돼."

"안 돼. 당분간은 쉴 생각이야."

시은은 바퀴벌레로 변해버린, 아니 태생이 바퀴벌레인 고객 사건을 상세하게 김 소장에게 설명하지 않았다. 하지만 처음으로 고객과 문제가 있어 잠시 쉬겠다고 말했을 때, 김 소장은 별말 없이 허락했다. 그런데 쉬겠다는 기간이 서로 맞지 않았던 모양이다.

"도저히 잘할 자신이 없어."

"그래서 전화한 거야. 이번 일에 적당한 사람이 딱 한 명 있는데, 그게 너더라고."

"내가 얘기했잖아. 당분간 쉬겠다고. 자세히는 얘기 안 했지만 내가 고객을 다치게 했고, 일도 엉망으로 만들었어."

"그게 네 잘못만은 아니잖아. 나도 자세히 이야기는 못하지만, 네가 일했던 고객은 건강을 되찾았대."

"그래?"

어쩌면 유어서비스는 세상에 바퀴벌레를 퍼뜨리는 역할을 계속 도와주게 됐는지도 모른다.

"신경이 쓰였어. 다른 사람도 아니고 베테랑인 네가 중도에 포기해서. 그러니 누굴 보내겠어? 그러다 발상의 전환을 했지. 아주 잘하는 친구보다는 아예 못하는 친구는 어떤가. 이번에는 일에는 젬병인 게으른 친구를 보냈어."

"아하, 그래?"

"계속 일 못한다고 항의 받는 친구가 있었거든. 일은 못하지, 게으르지, 유어서비스에는 어울리지 않는 친구라고 생각했는데, 어떤 사람이건 쓰임새가 있다는 말이 맞나봐. 아직까지는 잘 해나가고 있대."

다행이라고 해야 할지, 불행한 일인건지 판단할 수 없었다.

"문제가 완전히 사라진 거야?"

"그럼. 그러니까 힘내서 다시 출근하자고. 그나저나 조금 걱정이긴 해. 그 친구가 저번 고객 집에서 글쎄 바퀴벌레를 맨손으로 잡았다지 뭐야. 그래서 잘렸거든. 고객은 어떻게 손으로 끔찍하게 바퀴벌레를 박살 내냐고 놀라서 항의했어. 정작 청소는 제대로 안하면서 바퀴벌레만 손으로 잡고는 그 손을 씻지도 않고 식사준비를 했다지 뭐야. 그 친구는 갑자기 바퀴벌레가 나타나기에 없애려고 손바닥으로 짓누른 건데 그걸 뭐라고 하면 어떡하느냐고 따지더라. 자기 딴에는 바퀴벌레가 보이니 당장 손으로라도 없애는 게 유어서비스 마인드라고 생각했나봐. 그런 친구니까 걱정은 하지 마."

잊으려 해도 자꾸 또렷하게 떠올랐다. 사람의 몸이 무너지고 바퀴벌레로 변하던 장면을. 김 소장의 말대로라면 바퀴벌레 여인은 건강을 되찾았으니 전국에 바퀴벌레를 다시 퍼뜨릴 것이다. 그리고 그곳에는 바퀴벌레 따위에는 굴하지 않는 직원이 일하고 있었다.

"지난 고객은 잊고 우리는 미래의 고객에 대해 이야기하자. 이번 고객은 다들 도중에 그만둬서 부탁하는 거야. 너는 지난 딱 한번 빼고는 계약기간 도중에 그만두는 일은 없었잖아."

"문제 있는 고객이야?"

이 업체에도 블랙리스트가 있다. 자기가 돈을 내고 사람을 부린다고 생각해서인지, 갑질을 한다거나 못살게 구는 악성 고객이 엄연히 존재했다. 다행스럽게도 시은은 아직까지 그런 고객을 만난 적은 없었다. 그게 김 소장의 배려 덕분이었는지, 아니면 단순히 운이 좋아서였는지는 모른다. 회사에 내려오는 구구절절한 사연을 들으면 세상에는 정말 다양한 사람이 있고, 이해 못할 사건도 많음을 깨닫게 된다.

이번에 저지른 큰 실수를 만회하려면 악성 고객 하나쯤은 해결해야한다.

"무슨 일인데 그래?"

"글쎄. 말하기가 그러네."

"그 정도로 최악이야?"

"아니. 지금까지 일한 직원이 모두 고객이 특별히 못살게 굴거나 힘든 일을 시키거나 억지를 부리거나 하지 않았대. 그냥 버티기 힘들다고 해야 하나."

세상에는 직접적으로 사람을 못살게 굴지 않고도 충분히 못된 짓을 하는 사람이 많다. 이번 고객도 아마 그런 부류인 모양이었다.

"다들 뭐라고 말은 못 하겠대. 분명 무슨 일이 있는 건 아닌데, 몸과 마음이 버티기 어렵다고 하더라."

"고객에게 무슨 문제가 있거나 일이 힘든 건 아닌데 직원이 모두 얼마 못 버틴다 이거지?"

"하하. 맞아. 그렇지 않아도 이 건 때문에 골머리를 앓았는데, 그런 분위기에 휩싸이지 않으면서도 일 잘하는 직원이 누가 있나 찾았지. 쉬는 직원 명단을 보다가 딱 적당한 사람이 있다는 걸 깨달았지."

"그게 나란 말이지?"

"그럼, 그럼."

고객이 요구하는 바를 제대로 표현하지 못하고 일하는 사람이 그걸 알아채지 못하면 문제가 생긴다. 시은은 아마도 이런 차이에서 비롯된 문제가 아닌가 예상했다.

"내가 가서 해결하면 되지?"

"그렇지."

시은은 어쩔 수 없이 김 소장에게 고객 정보를 얻었다. 전설처럼 내려오는 오랜 진상 고객과 달리, 이 고객은 유어서비스를 이용한지 얼마 되지 않았음에도 새롭게 떠오르는 스타였다.

고객 집을 방문한 직원은 짧게는 며칠, 길어야 이삼 주를 버티고는 도저히 못하겠다며 도망쳤다. 일이 힘들다거나 사람이 못된 게 아니었다. 그냥 다들 싫다는 이유를 댔다.

"집에 귀신이 산다는 소문이 돌았어."

"귀신?"

그곳에 갔다 온 뒤로 꿈자리가 사나워지고 잠을 제대로 못 잔다는 직원의 증언이 전해졌다. 과연 고객은 어떤 사람이기에 이리 호들갑인가 싶어 호기심이 일었다. 그러자 다다음 주로 예정된 시간이 기다려졌다.

다다음 주까지 기다리지 않아도 됐다. 다음 주까지는 일하기로 했던 직원이 사라졌고, 당장 일할 사람을 구해달라는 요청에 바로 시은이 고객의 집을 방문했다.

이번 고객은 단독주택에 살았다. 대문 안 넓은 마당 나무는 제대로 관리되지 않았고, 잔디 역시 누렇게 말라 그 자리를 채운 건 잡초였다. 한참 녹음이 푸를 때조차 이런 상태이니 얼마나 관리가 되지 않는 건지 척 봐도 훤했다.

이층 주택이었다. 일층에는 통유리가 있어 밝고 환했다. 반면 이층은 창문마다 커튼이 쳐 있어 어두웠다.

"안녕하세요? 저는 유어서비스 이시은입니다. 잘 부탁드립니다."

"어서 오세요. 반가워요. 이번에는 오랫동안 일했으면 좋겠네."

시은은 밝게 웃으며 집으로 들어섰다. 부인이 반갑게 시은을 맞았다. 그동안 순식간에 사라졌다는 많은 직원이 떠올랐다. 그래서인지 자기도 모르게 고객과 집안을 몰래 훔쳐봤다.

인사를 하며 고객의 얼굴을 유심히 바라보았다. 특별하게 표독하거나 신경질적인 인상은 아니다. 물론 인상만 봐서 인간의 모든 것을 아는 건 불가능하다. 주름과 흰머리 같이 세월을 알리는 표식은 더하지도 덜하지도 않은 채, 고객의 몸에 붙어있었다. 목소리가 꽤 카랑카랑해 목소리만큼은 노화를 비켜간 듯했다.

"그럼 들어와요."

말투에서도 신경질적이라거나 무시하는 느낌은 없었다. 이래서야 직원이 금세 일을 그만두고 도망쳐버린 이유를 알 수 없다.

"그동안 사람이 워낙 자주 바뀌니까 일이 밀렸어요."

고객은 연신 할 일이 많다며 목록을 늘어놓았다. 청소, 빨래, 설거지 등 집안일이야 항상 하던 대로지만 그 목록이 지나치게 세심했다.

보통 고객이 거실 청소를 부탁하고 특별히 신경 써야 할 부분을 강조하는 데 반해, 지금 시은 앞에 선 부인은 그 일을 하나하나 일일이 설명하고 제시했다. 욕실과 방, 부엌 등 모든 장소에 해야 할 일 목록이 수없이 이어졌다. 메모가 필요하리라고는 예상치 못했던 터라 고객의 말을 듣고 무조건 암기했다. 다행스럽게도 특이사항은 없었다. 항목을 자세하게 나누었을 뿐, 액자에 묻은 먼지를 털라는 것처럼 상식적인 목록에 불과했다.

시은은 특기를 살려 청소를 완벽하게 하고 싶었다. 지금은 오로지 청소에 집중하자고 의지를 다지고 거실 청소를 시작했다. 창을 모두 열고 먼지를 털어내고 청소기로 바닥에 쌓인 먼지를 없애고 걸레질을 했다. 그 사이사이 쓰레기를 줍고 가구를 옮겨 바닥을 닦고 제멋대로 놓인 온갖 물건을 정리했다.

한참 청소에 매진하고 있는데 눈치가 이상했다. 허리를 펴면서 주변을 살피니 고객이 일을 열심히 하는지 안 하는지 유심히 보고 있었다. 고객이 지금 무엇을 하는지 시은이 알아챘다는 사실을 눈치채지 못하게 자연스럽게 다음 작업으로 넘어갔다. 직원이 며칠 안 돼 이집에서 도망치는 건 몰래 감시하는 저 고객의 눈길 때문인지도 모른다.

막상 일을 시작하니 몸이 가뿐해졌다. 인생에서 다시없을 실수를 다른 일을 완벽하게 하면서 지워낼 수 있다는 자신감이 솟구쳤다. 온 몸에서 아드레날린이 분출되자 시은은 끝없이 이어지는 일의 향연이 즐거웠다. 잠시 일을 쉬려던 사실은 점차 잊었다.

"첫날부터 열심이네. 이제 쉬어요."

"괜찮습니다. 이게 제 일인걸요."

"사람이 계속 왔다 안 왔다 했더니 일이 쌓여서 그래요."

"욕실 청소를 할까요?"

"그건 나중에 하세요. 오후에 혼자 하는 일이 있는데, 누가 일한다고 돌아다니면 불편해요. 일 열심히 했으니 휴식시간이라고 생각하고 방에 들어가서 쉬어요."

어느새 출근하고 몇 시간이나 지났다. 점심 때 먹으려고 사온 김밥이 상하지 않았을까 걱정됐다. 부인은 이층으로 올라가는 눈치였다. 부인은 아까 시은에게 일층만 소개했고, 이층 소개는 건너뛰었다.

지금 시은이 들어가 쉬려는 곳은 일층 거실과 부엌 사이에 있는 방이다. 방에는 자리가 넓고 푹신해, 눕는 게 더 어울리는 삼인용 소파와 작은 탁자, 편안해 보이는 일인용 리클라이너 소파가 있었다. 작은 창문 옆에는 안마의자가 놓여있었다. 어디에 앉아야 하나 고민하다 문 옆에 흔들의자까지 있는 것을 보았다. 누군가 이 방에서 간절히 휴식을 바랐던 모양이었다.

시은은 가방에서 김밥을 꺼내 탁자 위에 올려놓았다. 냄새를 맡아보니 아직 상하지는 않았다. 한입 베어 물려는 참에 똑똑 노크 소리가 들려 벌떡 일어났다. 미처 끝내지 못한 일이 있나 긴장했는데, 뜻밖에도 부인이 잔을 하나 들고 서 있었다.

"이거 마시고 쉬어요."

시은은 부인에게 잔을 받아들었다. 잔을 쥔 손으로 온기가 전해졌다. 연노란 빛이 감도는 음료는 따스했다.

"이거 비타민 음료예요. 약국이나 슈퍼마켓에서 산 게 아니라, 내가 직접 만든 거. 한번 마셔 봐요. 건강한 재료로 만들어서 맛은 어떨지 몰라도 몸에는 좋아요."

"고맙습니다."

부엌에서 이런 빛깔이 도는 음료는 보지 못했다.

"매번 사람 새로 들어올 때마다 신신당부하는데, 매일 이 시간에 혼자 작업을 하거든요. 방해받지 않고 온전히 집중하고 싶어요. 오래 걸리지는 않으니까 이곳에서 음료 마시고 쉬어요."

부인은 조용히 방문을 닫았다. 도대체 쉬라는 말을 몇 번이나 듣는 건지.

시은은 음료 잔을 내려다보았다. 먼저 음료에서 풍기는 향을 맡았다. 약초 물이겠거니 생각했는데, 아무런 향이 나지 않았다. 한 모금 입에 머금었다. 연노란 빛깔이 아니라면 그냥 물이라고 해도 될 정도로 아무 맛이 느껴지지 않았다. 다시 한 모금 마시니 살짝 쓴 맛이 감돌았지만, 그것도 금세 사라졌다. 무엇을 넣고 끓였는지, 어떻게 만들었는지 궁금했다. 냉장고에서 보았던 재료를 아무리 떠올려도 마땅한 게 없었다.

시은은 음료를 들이키고 탁자 위에 잔을 놓았다. 바로 빈 잔을 부엌으로 가져가 설거지하고 싶었지만 방해받고 싶지 않다는 부인의 부탁대로 당분간 이곳에 머물러야 했다. 부인은 이층으로 올라갔으니 간단한 설거지 정도야 괜찮겠지만, 그래도 첫날이니만큼 부인의 말을 따르기로 했다.

푹신한 소파에 앉아 있으려니 졸렸다. 김밥을 먹어야 한다고 생각했지만, 자꾸 눈이 감기고 고개가 아래로 숙여져 소파에 누워 잠깐 눈을 붙이기로 했다. 오늘 일을 꽤 많이 해 몸이 지친듯했다. 소파는 거의 침대 매트리스 버금가게 편했다. 하품을 하고 눈을 감았다.

잠깐 낮잠을 자려고 한 건데 꽤 깊이 잠들었던 모양이다.

눈을 뜨고 주위를 둘러보았다. 처음에는 여기가 어디인지, 어떤 상황인지 기억나지 않아 눈만 깜빡거렸다. 주변이 낯설었다. 곧 새로운 고객의 집에 온 첫날이라는 사실을 떠올리고 깜짝 놀라 일어났다. 얼마나 오랫동안 잠을 잤는지 걱정돼 시간을 확인하니 한 시간 정도 숙면했다. 배가 꼬르륵거렸다. 급히 김밥을 먹고 거실로 나가야겠다고 생각했다.

낯선 인기척이 느껴졌다. 놀라 주변을 둘러보니 소파 뒤에서 부인이 시은을 빤히 쳐다보고 있었다.

"무슨 일이세요?"

놀란 티를 내지 않으려 했지만, 그렇지 못했다. 시은의 얼굴에는 경악한 표정이 선명했다. 부인이 언제부터 잠든 시은을 지켜보고 있었던 건지 궁금했다. 무엇보다 그 눈빛이 무서웠다. 인생의 원수라도 마주한 듯 눈빛에 분노가 가득담겨 있었다.

"제가 잠을 너무 많이 잤나요? 죄송합니다."

시은은 고개를 숙였다. 부인이 쉬라고 말했고 시은도 점심식사 시간을 휴식시간이라 생각했기에 편히 쉬었다. 그래도 그렇지, 첫날부터 잠이 푹 들다니 너무 했다고 자책했다. 사정이야 어떻든 고객 집에서 숙면한 건 잘못이다.

시은을 째려보기만 하던 부인은 아무 말 없이 문을 열고 나갔다. 시은에게 단단히 화난듯했다. 볼일이 다 끝나 시은을 불렀는데 대답이 없어 방에 들어왔다가 곤하게 잠든 시은을 발견했으리라. 그리하여 시은을 무서운 눈으로 노려보며 언제 일어나나 지켜보았을 것이다.

등골이 오싹했다. 고객의 눈초리가 계속 떠올라 무서웠다. 그 눈빛은 무서운 한편 굉장히 낯설었다. 이러다 슬럼프가 길어질까 걱정됐다. 시은은 조심스럽게 밖으로 나갔다. 고객은 보이지 않았다. 시은은 부인을 찾아 사죄할까 고민하다 방에 들어가 컵을 가지고 나와 설거지했다.

한참동안 집안은 적막했다. 냉장고 모터 돌아가는 소리가 웅하고 울렸다. 부인은 시은을 깨운 뒤 다시 이층으로 올라간 것 같았다. 식탁 의자에 앉아 기다리다 허기가 느껴져 방으로 들어왔다. 온몸이 긴장한 상태로 꾸역꾸역 김밥을 먹었다. 급하게 김밥을 먹은 탓인지 목부터 위까지 꽉 막혔다. 부엌으로 나와 물을 마시고 할 일이 무언지 찾아보았다.

"아니. 쉬라니까."

뒤에서 들려온 부인의 목소리에 온몸이 움찔거렸다. 분명 부인의 목소리가 맞는데도 소름이 돋았다. 뒤를 돌아보니 언제 시은을 무섭게 노려보았나 싶게 부인은 평범한 모습으로 돌아와있었다. 시은이 일하는 모습에 마음이 풀린 것일까. 시은은 살짝 미소를 짓고 고개를 숙였다. 혹시 이층에 부인과 똑같은 모습을 하되 눈초리만 무서운 쌍둥이가 살지 않을까 하는 상상이 살짝 머릿속을 스쳐갔지만 그럴 리는 없었다.

"방금 나왔어요."

"내가 쉬라고 할 때는 쉬세요. 조용한 것 같지만, 그래도 다른 소음이 나는 건 질색이니까."

실컷 쉬라고 해놓고 막상 진짜로 쉬었더니 천하의 쌍년이라도 되는 듯 노려보았다가 다시 쉬지 않았다고 혼났다. 도대체 어느 장단에 맞춰야 할지 혼란스러웠다.

그래서 아까 절대 아닐 거라 생각했던 가능성을 다시 끄집어냈다. 방에서 시은을 노려보던 사람은 부인이 아닐 수도 있었다. 이를 테면 쌍둥이 동생이 이층에 살 수도 있잖은가. 물론 그럴 가능성보다는 겉으로는 너그러운 사람처럼 쉬라고 하지만, 속으로는 쉬는 모습은 절대 허용하지 못하는 이중적인 심리가 발현된 것에 불과하리라.

첫째 날은 무서움과 의아함을 남긴 채 마무리되었다.

다음날부터는 비슷한 하루 일과가 이어졌다. 집안일과 오후 휴식이 매번 똑같았다.

오후에 자신만의 일정을 갖는다며 사라지는 부인은 항상 시은에게 예의 그 노란빛 음료를 내밀었다. 시은은 음료를 마시고 편안한 소파와 의자가 가득한 방에서 쉬었다. 첫날처럼 뜻하지 않은 낮잠도 즐겼다. 집안일을 한 후 맞이하는 낮잠은 꽤나 감미로웠다.

고객, 혹은 지나치게 고객을 닮은 그 사람이 방에 들어오는 일은 다시 일어나지 않았다. 낮잠을 자다 잠이 깨면 후다닥 일어나 다시 집안일을 하고 퇴근하는 삶이 이어졌다.

첫째 날 시은을 오싹하게 했던 누군가의 방문은 단순한 해프닝으로 남았다.

고객은 항상 오후에는 규칙적으로 일을 하러 이층으로 올라갔다. 시은은 그 일이 무엇인지 궁금하지 않았다. 과거 시은이 맡았던 한 고객은 사이비 종교를 믿었고, 매일 특정한 시간에 특이한 제례를 지냈다. 당시에는 황당했지만 그런 사건을 겪고 났더니 어지간한 일에는 끄떡하지 않을 자신이 생겼다. 또 고객의 비밀은 신경 쓰지 않고, 설령 알게 되더라도 입 밖으로 절대 끄집어내지 않는다는 규칙이 몸에 배었다. 차라리 인간의 흥미를 끄는 일이라면 모르는 편이 나았다.

그럼에도 부인의 비밀은 의외로 쉽게 밝혀졌다. 혹시나 사이비 종교 의식을 치르나 의심했던 것이 민망하게 그 일은 뜻밖에도 지나치게 평범했다.

부인과 시은은 오후에 마시는 노란빛이 감도는 음료 이야기를 나누는 중이었다. 시은은 그것도 집안일인 만큼 자기가 만들겠다고, 맡겨달라고 부탁했다.

"이제부터 음료는 제가 만들게요. 무엇으로, 어떻게 만드는지만 알려주세요."

"됐어요. 이건 나만의 비밀이에요. 오랜 노하우가 필요한 거라 어쩔 수가 없어요."

이쯤 되면 무작정 고집만 부릴 수는 없었다. 두 손 들고 이제부터는 연노란 음료에 대해서는 모두 부인에게 일임해야 했다. 음료 이야기를 할 때 자랑스러워하는 부인의 표정이 느껴졌다.

부인의 자부심이라면 음료에 대해 아낌없이 칭찬하고 싶었다. 그런데 뭐라고 해야 할지 고민이었다. 맛이 좋다고? 음료에서는 거의 맛이 느껴지지 않았다. 향도 없고 빛깔만 연한 노란색인 게, 그나마 꼽을 수 있는 특색이었다. 무슨 말로 시작할지 고민에 고민을 거듭했다. 어떤 주제든 쉽게 말문을 트는 사람들의 능력이 새삼 부러웠다.

"무언가 중요한 재료가 들어가는 모양이에요."

나름 칭찬이랍시고 말을 꺼냈는데, 말을 뱉고 난 후에야 아차 했다. 여전히 음료의 비밀을 캔다고 생각하면 어쩌나 걱정했다.

"비밀이에요. 아무리 궁금해도 말해줄 수가 없네."

부인이 웃었다. 다행스럽게도 시은이 비밀을 탐문한다고 의심하지 않았다.

"아주 오랫동안 음료를 만들려고 고생을 엄청 했어요."

"네."

이쯤에서 대화를 잘 하는 사람은 '정말요?'니 어쩌니 하는 각종 추임새를 넣었겠지만, 시은은 그러지 못했다. '그렇군요.'와 같은 말을 덧붙일걸 하고 뒤늦게 후회했다.

"음료를 마시면 어때요?"

부인은 음료를 마신 감상이 궁금한 모양이었다.

"상쾌해지는 느낌이랄까."

"상쾌해진다고요? 또, 어때요?"

부인의 눈초리에는 잔뜩 기대가 가득했다. 이럴 때는 칭찬
이 특효약이라는 것을 잘 아는데, 도대체 뭐라고 해야 할지 몰
라 눈앞이 깜깜했다. 고객이 건강효과를 강조했으니 몸이 좋
아졌다고 말해야 할 텐데, 시은이 실감할 만한 변화는 없었다.

"음료 마시고 낮잠 자는 게 일이 되어서. 하하."

시은은 멋쩍게 웃으며 솔직하게 말했다. 그리고 바로 후회
했다. 낮잠 잔다는 말을 아무렇지도 않게 하다니. 그냥 '일하
고 난 뒤의 피로가 잘 풀려요.'와 같은 정답처럼 느껴지는 말
이 뒤늦게 떠올라 억울했다. 아직도 고객을 다루는 일이, 대
화를 잘 나누는 것이 힘들다. '고객과의 대화법' 같은 강의를
더 들어봐야 할 것 같았다. 고객이 원하는 대화란 칭찬을 원
할 때는 아낌없이 칭찬을 해주는 일이건만 자연스럽게 술술
칭찬이 나오지 않는다.

"잠은 잘 자요?"

"네에."

그것만큼은 자신 있었다. 밝게 대답하고 나서 뒤늦게 함정에 빠진 건 아닌가 걱정했다. 직원이 일은 안하고 낮잠만 잔다고 욕하는 고객도 세상에는 넘칠 듯 많다. 너무 대책 없이 편하게 사실을 얘기 했나 싶었다.

"하하하. 그럼 다행이네. 내가 워낙 오래전부터 불면증이 심해서 잠 잘 오는 약이란 약은 다 찾아먹고, 병원도 수십, 수백 군데는 돌아보고 온갖 짓을 다 했어요. 그래도 아무 소용이 없었는데, 이 음료를 마시고는 조금 좋아졌어요. 지금도 아주 나아진 건 아니지만, 그래도 낮잠이라도 잘 수 있어요."

"아하. 음료에 잠이 잘 오는 효과가 있군요."

대화를 하면서 식은땀을 몇 번이나 흘렸는데 뭐니 뭐니 해도 솔직한 게 최고였다. 피부가 좋아졌다거나, 몸이 개운해졌다거나 하는 이유를 댈까 고심했는데, 잠이 잘 오게 하는 효과가 있는 음료라니. 평소 낮잠을 자지 않던 시은이 낮잠을 자게 된 것도 바로 이 음료 덕분이었다. 그나저나 부인은 일을 잘 하나 안 하나 매번 감시하면서 일하는 사람에게 잠 오는 음료를 주다니 의외로 허술한 면이 있다.

"평소 낮잠을 안 자는데 음료만 마시면 잠이 와요."

"호호호. 내가 불면증이 없는 사람, 낮잠을 재워버렸네."

고객은 기분이 좋은지 얼굴에 웃음이 가득했다. 불면증이
있을 때는 낮잠을 자지 않는 것이 상식이다. 낮잠을 자면 밤
에 잠자기 더 힘들어지니 차라리 밤에 음료를 마시는 것이 불
면증에 더 효과가 좋을 것이다.

"나한테 불면증은 고질병이에요. 지금은 이렇게 나이를 많
이 먹었지만, 기억도 나지 않는 어릴 때부터 잠을 제대로 못
잤대요. 태어난 지 얼마 안돼서 잠들만하면 바로 깨어나 우는
통에 문제가 있나 싶어 병원에서 온갖 검사를 다 했는데도 원
인을 찾질 못했대요. 그때부터 잠을 잘 재우기 위한 방도를
찾아다녔죠. 아빠가 어린 나를 업고 유명한 병원이란 병원은
다 찾아다니셨어요. 지금이야 교통이 좋고, 병원도 많지만 옛
날에는 어디 그런 가요. 다들 어려운 시대여서 애기 잠 못 잔
다고 하면 의사가 거들떠도 안 봤다죠. 죽을 때나 데려오라는
면박을 받으면서도, 아빠는 나를 그렇게 데리고 다니셨어요.
엄마는 또 어떻고. 사방팔방 다니며 몸에 좋다는 약 찾아 먹

이고 절이란 절은 다 찾아 기도했죠. 그런 시절이 있었어요. 나 어릴 때는 부모님이 그렇게 고생하셨는데, 이렇게 늙으니 나 혼자 고생하는 것으로 끝나네요."

"그러셨군요."

부인의 눈에는 어느새 눈물이 고였다. 부인은 그 눈물을 급히 삼키고는 다시 말을 이었다.

"고질병은 고질병이라 이렇게 나이 들어서도 잠 때문에 고생이에요. 결혼을 하고서도, 아이를 낳고서도, 아이가 다 자라 이제 자기들끼리 가정 만들어나가서도 아직까지 잠이 발목을 잡고 있어요."

얼마나 불면증이 심하면 이렇게 긴 하소연을 늘어놓을까. 지금까지 봐온 부인의 모습에서는 그런 흔적을 전혀 찾지 못했기에 더더욱 놀랐다. 잠을 못잔 날 시은은 컨디션이 최악에 꾸벅꾸벅 졸기 일쑤인데다, 대화를 나누기 힘들었고 일도 제대로 못했다. 게다가 외모부터 피곤한 기색이 역력해졌다. 그러나 부인은 전혀 그런 티가 나지 않았다.

"전혀 몰랐어요."

"다들 내가 얘기해주기 전에는 그런 줄 몰랐데요. 나한테

나 중요하지 다른 사람이 내가 잘 자는지, 못 자는지 신경 쓸 일인가요."

오후 의식이 낮잠이라는 사실과 오랜 고백을 들으니 매일 오후 이층으로 올라가는 부인의 뒷모습이 왠지 애처로웠다. 잠에 대해 고민을 해본 적이 없었기에 더 그랬다. 잠을 잘 이루지 못하는 상태가, 그리고 그런 상태로 평생을 살아오는 것이 어떤지 시은은 알지 못했다.

이런 사정을 알게 된 후에도 일상은 달라지지 않았다. 오전에는 집안일을 해치우고, 오후에는 고객과 함께 일층과 이층 공간에서 각자 낮잠을 자는 일상이 이어졌다.

평범한 나날을 지내는 와중에 시은이 이곳에 온 첫날 겪었던 놀라운 사건이 다시 발생했다. 낮잠을 자다 이상한 낌새에 놀라 눈을 떠보니, 부인이 무서운 눈초리로 시은을 노려보고 있었다. 첫날에야 부인이 맞는지, 왜 저러는 것인지 의아한 마음뿐이었는데 같은 일을 다시 겪으니 그 사정이 궁금해졌다.

시은은 소파에 누워 눈을 껌뻑거렸다. 고객의 매서운 눈초리가 주는 위압감이 대단해서 바로 일어설 수 없었다.

"무, 무슨 일이세요?"

"왜 잠을 안 자는 거야? 왜 꿈을 안 꾸는 거냐고?"

목이 잠겨 목소리가 제대로 나오지 않았지만, 음절을 하나하나 또박또박 발음해서 무슨 말을 하는지 바로 이해했다. 시은이 잠을 자지 않는 것이, 꿈을 꾸지 않는 것이 부인과는 무슨 상관이랴. 정작 부인이 나타나기 전까지 시은은 푹 자고 있었다.

평생 잠을 제대로 못 자 고생했고, 가족까지 힘들어했던 부인의 사연이 기억났다. 어쩌면 잠 때문에 생긴 상실감이 다른 사람에 대한 분노로 표출되는 건지도 모른다.

"방금 전까지 자고 있었어요."

시은은 억울했다. 할 수만 있다면 얼마나 깊이 잠들어 있었는지 알려주고 싶었다.

"아니야, 아니라고! 제대로 잠들지 않았잖아. 잠을 잤으면 꿈을 꾸어야지. 나한테 아무 꿈도 보이지 않아."

목소리가 조금이라도 가늘거나 굵었다면 혹시 악귀에 쓰였나 의심했을 것이다. 밤마다 이상한 영혼이 부인의 머릿속으로 들어가고, 그런 사실을 무의식중에 알게 되어 잠들기를 거부하는 그런 상황의 반복이 평생 이어져온 무서운 이야기 말이다.

평소 모습과 전혀 다른 부인을 보자 갑자기 잠을 자다 의식하지 못한 채 행동하는 증상이 떠올랐다. 부인에게 몽유병이 있는 건 아닐까. 이곳에 온 첫날에도 그랬다. 부인은 무서운 표정으로 낮잠을 자던 시은을 노려보았다. 정작 부엌에서 다시 만난 부인은 시은을 노려본 일은 전혀 언급하지 않았다. 도리어 시은이 언제 깨어났냐며 놀랐었다.

지금 이렇게 시은을 노려보고, 무섭게 이야기하는 부인은 어쩌면 몽유병에 걸려 스스로 의식하지 못한 채 말하고 행동하는 건지도 모른다. 평생 잠을 제대로 못 잔다며 괴로워했던 일도 몽유병 때문에 겪어야 했던 부작용인지도 모르겠다.

본인은 잠들었다고 생각하지만, 몽유병 때문에 누군가에게 말하고 무섭게 쳐다보고 움직이니 온전한 숙면이 될 리 없었다. 몽유병이라고 생각하니 그동안 있었던 이해하지 못할 말과 행동의 이유를 알 것 같았다. 왜 그런지는 알았으나 무서운 표정을 하고 있는 부인을 어찌해야 하나 답답했다. 유어서비스에서는 몽유병에 걸린 고객을 어떻게 다뤄야 하는지 가르쳐주지 않았다. 시은은 소파에서 천천히 몸을 일으켜 세웠다. 일단 부인을 다시 침대로 데려가 재워야 할 것 같았다.

"일어나지 마! 잠을 자라고, 잠을! 지금은 잠을 잘 시간이야."

"네. 알겠습니다."

시은은 공손하게 대답한 뒤, 고객의 어깨와 등에 부드럽게 손을 갖다 대고 천천히 소파에서 몸을 떼어내 방밖으로 데리고 나갔다. 누워 있을 때는 몰랐는데, 막상 부인의 옆에 서고 보니 그 눈빛이 더 섬뜩했다. 부인은 여전히 표정을 풀지 않았다. 정말 악귀에라도 쓰인 것처럼 무서운 눈빛으로 시은을 계속 노려보았다.

"왜 잠을 안 자는 거야? 왜 꿈을 안 꾸냐고?"

몽유병에 걸린 사람이 걷고 음식을 먹고 운전하고 심지어 살인까지 저질렀다는 기사를 읽은 기억이 났다. 그렇다면 잠을 자라고, 꿈을 꾸라고 무섭게 질책하는 부인의 증상은 절대 특이한 것은 아니다.

둘은 천천히 거실로 나갔다. 그제야 시은은 아차 싶었다.

고객의 침실은 이층에 있었다. 이층이란 공간은 아직 시은에게는 허용되지 않았다. 부인의 몽유병 증상 때문이라고는 하나, 이층을 가야하나 말아야 하나 고민했다. 하지만 옆에서 시은을 힘차게 째려보는 부인을 보니 어쩔 수 없었다. 지금 당장은 부인의 안전과 시은의 평안이 우선이었다.

멀쩡히 말하고 움직이지만, 어쨌건 부인은 잠이 든 상태다. 부인을 계단으로 인도하고 천천히 한 칸 한 칸 올랐다. 이곳에서 일하게 된 후 이층을 처음 오르는 날이다. 이층 계단은 일층의 환한 빛이 점차 사라지며 어두워졌다. 어둑어둑해진 계단을 오르자 작은 거실이 나타났다. 분명 앞에 유리창이 있겠지만, 커튼이 쳐져 있었다. 꽉 닫힌 방문이 거실 양 옆으로 두 개씩 있었다. 과연 어디가 침실일까. 시은이 두리번거리고 있는데 부인은 스르르 왼쪽으로 걸었다. 시은은 그리로 따라갔다. 조심조심 천천히 침실을 향해 걷는 동안에도 부인은 계속해서 왜 잠을 자지 않느냐며 소리쳤다.

방문 앞에 서자 두근거렸다. 시은이 있어서는 안 될 공간에 있다는 두려움, 몽유병에 걸린 부인을 돌봐야 한다는 책임감이 시은을 감쌌다. 문을 열었다. 방은 어두웠다. 그 사이로 이상한 향이 훅하고 풍겼다. 낮잠을 자기 위해 뿌린 향 같은데 동물의 채취가 연상됐다. 평범한 방향제나 향수, 향초와는 전혀 달랐다. 이 향기를 맡으면 잠을 잘 자는 건지 궁금해졌다. 도리어 묘한 냄새가 사람을 이상하게 만들 것만 같았다.

어둑한 방에서 침대를 찾아 그 위에 부인을 눕히고 이불을 덮었다. 순순히 침대에 누웠던 부인이 다시 몸을 벌떡 일으켰다.

"아이고, 깜짝이야."

시은은 주저앉을 듯 몸을 구부렸다.

"잠을 자라고, 잠을!"

이번에는 거의 고함이었다. 혹시 대응을 잘못해 몽유병 환자를 더 자극한 게 아닐까 두려웠다. 하지만 몽유병 환자를 다시 재우는 것 말고 무슨 일을 할 수 있으랴. 앞으로 몽유병 증상을 자세히 알아봐야겠다고 결심했다. 그래야 또 이런 상황이 생기면 어떻게 대처할지 알게 될 것이다.

한동안 일어나려는 고객과 눕히려는 시은이 실랑이를 벌였다. 시은은 계속 조심스럽게 부인을 눕혔고, 효과가 있었는지 부인의 목소리는 점차 작아졌다.

부인과 거친 실랑이를 벌이고 완전히 넋이 나간 상태로 일층 거실 소파에 앉았다. 유어서비스에는 간병서비스가 있다. 그곳에는 몽유병 환자를 맡아줄 전문 간병인이 있을지 모른다. 아무래도 전문적인 훈련을 받은 직원이 고객을 맡는 게 나을 것 같았다.

"오늘도 먼저 나와 있네. 좀 쉬지."

"일찍 깼어요."

멍하니 앉아있는데 얼마 후 부인이 이층에서 내려왔다. 시은을 무섭게 쳐다보고 소리를 지르던 모습은 온데간데없이 평안했다. 부인의 다른 모습을 보게 된 시은으로서는 이런 상황이 어색했다. 당신은 몽유병이 있다고, 아까 이러저러한 말과 행동을 했다고 밝힐 수는 없었다. 고객의 병을 고치기 위해 노력했다는 부모와 다른 가족이 몽유병 증상이 있다는 사실을 몰랐을 리 없다. 그렇다면 이미 고객도 자신에게 몽유병이 있음을 알고 있을 것이다. 단지 시은도 이제 알게 되었다고는 전혀 상상하지 못할 테지만.

낮잠을 자는 것도 몽유병을 피하기 위한 나름의 조치 가운데 하나였으리라. 밤에 몽유병이 나타나 고생했다면 짧은 낮잠을 잘 때는 괜찮을 거라고 안심했을 것이다. 그래서 불면증이 있는 사람에게는 절대로 권장되지 않는 긴 낮잠 자기라는 의식을 치렀겠지.

부인은 낮잠을 자는 중에도 몽유병 증상을 보인다는 사실을 알지 못했다. 그것을 밝혀야 할지 말아야 할지 결정하는 일은 이제 온전히 시은의 몫이다. 결정해야 할 일이 늘어날수록, 그 결정이 던지는 파장이 클수록 시은은 당황했다. 두통이 생길 것 같았다. 이건 혼자 힘만으로는 해결 불가능했다. 누군가의 도움이 필요했고, 김 소장의 조언이 큰 도움이 될 것이다. 시은은 이번 주말 김 소장에게 연락해봐야겠다고 생각했다.

이날 오후 업무를 보고 퇴근을 한 후에도 고객의 몽유병이 가슴속에 묵직하게 남았다. 몽유병과 불면증을 다룬 많은 정보를 찾았지만, 실제로는 크게 도움 되지 않을 내용뿐이었다.

다음날 여느 때와 같은 하루가 이어졌다. 단지 고객은 시은에게 잠을 잘 자는지, 꿈은 자주 꾸는지 질문을 많이 던졌다. 자신이 아주 어릴 때부터 잠을 못자는 문제가 있었다는 사실을 밝힌 이후로 잠과 꿈에 대해 가장 많은 대화를 나눈 날이었다.

"정말 잠을 잘 자요?"

"졸리면 정신없이 곯아떨어져요."

"아주 푹 자고?"

"네."

시은은 잠 때문에 문제를 겪은 특별한 기억은 없었다. 그냥 시간이 되었거나 피곤하다 싶으면 잠들었다. 잠잘 시간을 놓치거나 건너뛰는 일도 별로 없었다. 매일 똑같은 일상을 이어가며 똑같은 시간에 잠들고 똑같은 시간에 일어나는 일을 반복하다 보니 습관처럼 자리 잡았다. 물론 얼마나 피곤한지, 일을 많이 했는지에 따라 잠자는 시간이 달라졌지만 꽤 숙면했다. 부인의 사례를 겪으니 그것이 엄청난 능력이자 행운처럼 여겨졌다.

"꿈을 꿔도 기억을 못하겠네?"

"네. 그렇죠. 가끔 흐릿한 기억이 남을 때가 있는데, 선명하게 꿈을 기억하는 일은 거의 없어요."

"아하. 그렇구나. 그게 좋은 건지 나쁜 건지……."

부인은 시은의 대답을 듣고 깊은 한숨을 내쉬었다. 시은이 꿈을 꾸지 않는다는 것이, 아니 꿈을 꾸어도 잘 기억하지 못한다는 사실이 한숨과 무슨 상관이 있는지는 모르겠지만 왠지 큰 잘못을 저지른 것만 같았다.

"악몽을 꾸거나 꿈자리가 사납거나 비명을 지르고 식은땀을 흘리며 깨는 일도 없고?"

"네. 그런 적은 없었어요."

시은이 꿈 때문에 잠에서 깨는 일은 좀처럼 없었다. 어쩌면 악몽을 꾸거나 꿈자리가 사납고 비명을 지르고 식은땀을 흘리며 깨는 행동은 부인이 직접 겪는 일일지 모른다.

금요일에 김 소장에게 전화해 면담 요청을 하려 했지만 그러지 못했다. 부인이 주말에 중요한 일이 있으니 나와 달라고 부탁했기 때문이었다.

"무슨 일 때문에 그러시는데요?"

"토요일, 일요일에 중요한 손님이 와요. 나 혼자 준비하기에는 벅차니 주말이지만 좀 도와주면 좋겠네요."

손님 방문이라니 어쩔 수 없다. 주말에는 일을 하지 않지만, 고객의 손님맞이 접대가 더 중요했다. 김 소장과 만나는 약속은 다음으로 미루었다.

부인이 말한 중요한 손님은 일요일 오후에 방문할 예정이었다. 부인은 토요일에 청소와 정리를, 일요일 오전에 요리를 하고 오후에 손님을 맞이한 다음 마지막 정리까지 도와달라고 부탁했다. 온전한 주말을 일에 바쳐야 했다.

토요일 고객의 집까지 가는 길은 평일과는 분위기가 달랐다.

청소와 정리는 어떻게 할 것인지, 부인은 별다른 지시 없이 이층으로 올라갔다. 시은은 거실과 부엌을 청소하고 물건을 정리했다. 그사이 이층에서 부인이 내려왔다.

"그분은 이층에서 묵을 거예요. 그러니까 이층을 청소해 주세요."

일층에는 거실과 부엌, 욕실 그리고 시은이 쓰는 작은 방과 아무 것도 없는 텅 빈 다른 방 하나가 있다. 부인이 몽유병 증상을 보인 날, 이층에 올라가 꽉 닫힌 문을 보았고 그중 한

곳에 부인을 눕혔다. 그렇다면 그 방 가운데 한 곳에 손님이 묵는 모양이었다. 시은은 부인을 따라 이층으로 올라갔다. 부인이 몽유병 때문에 기억하지 못할 테니 지금이 시은이 이층으로 올라가는 공식적인 첫 순간이었다. 이층 계단을 오른 끝에는 어두운 거실이 나왔다.

"아차차. 잘 때 빛이 안 비치게 두꺼운 커튼을 쳤더니 컴컴하네."

부인이 커튼을 걷었다. 그 사이로 빛이 비쳤다. 그 빛에 거실 가득했던 먼지가 눈에 들어왔다. 부인이 평소 얼마나 깔끔하게 거실을 관리했는지는 모르겠지만, 청소할 게 많았다. 창문을 열어 공간을 가득 채운 먼지를 없애는 게 먼저였다. 오늘은 좀 피곤하겠지만 보람찬 하루가 될 것이다.

"여기 거실을 비워주세요."

거실을 비운다니. 이층 거실은 일층보다는 면적이 작았지만, 그래도 시은의 원룸보다는 넓었다. 이곳에 고급스런 가죽 소파와 테이블, 스탠드, 책장 등이 놓여있었다.

"소파랑 테이블은 빈방에 넣으세요."

이층에는 빈방이 없었다. 시은이 처음 이곳에 올라온 날 보앗던 문 네 개는 각각 부인의 침실, 손님방, 욕실, 다용도실이었다. 그렇다면 일층 빈방으로 옮겨야한다. 평소 힘이 세다고 자부했지만, 삼인용 소파를 옮기는 일은 혼자 힘으로는 역부족이다. 며칠 여유가 있었다면 유어서비스에서 다른 직원을 불러달라고 요청했겠지만, 오늘은 토요일이고 당장 내일 손님이 방문한다. 지금은 혼자서 어떻게든 힘써 해결해야 한다.

소파를 이층에서 일층으로 옮기는 것이 쉽지 않았지만 낑낑대며 도전했다. 처음에는 고급 가죽이 분명한 소파에 흠집이 날까 조심했지만, 혼자서는 어쩔 수 없다는 사실을 깨달았다. 포기할 것은 포기해야 했다. 계단이 부서지지 않을까 싶게 소파를 내팽개치고 가죽을 벽으로 긁으며 소파를 일층으로 무사히 내려보냈다. 소파에 난 흠집은 보고 싶지 않았다. 빈방에 소파를 넣어두면 시은이 만든 흠집 따위는 곧 보이지 않는다. 당분간은 잊고 있어도 상관없다.

유리로 된 테이블과 스탠드 조명도 조심스럽게 옮겼다. 소파와 테이블이 사라진 거실은 먼지투성이였다. 나머지 책장이나 텔레비전 스탠드는 그냥 두어도 된다고 해서 한숨 돌렸다.

널찍해진 거실을 바라보며 먼지를 어떻게 없애나 고민했다. 그런데 부인이 이번에는 또 다른 이상한 주문을 해 왔다.

"이제 손님방에 있는 침대를 여기에 갖다놓죠."

"네?"

이층 손님방에는 침대와 일인용 소파, 텔레비전, 냉장고 같은 가구와 가전제품이 있었다. 그런데 손님방에 있던 침대를 거실로 가져오다니 이상해도 너무 이상했다. 아무리 고객이 원하는 일은 웬만하면 다 들어준다지만 도통 이해가 안 되었다.

"거실에 침대를 놓는다고요?"

"네."

자꾸 눈에 물음표가 떠올랐다.

"이번에 오시는 손님이 방은 답답하시대요. 너무 좁은 곳보다는 공간이 넓은 곳을 원하셨어요."

밀폐된 곳을 싫어하거나 불안장애 증상에 시달리는 손님인 모양이다.

이번에는 낑낑대며 침대를 거실로 끌어냈다. 바닥 먼지부터 치우고 싶었지만, 부인은 계속 일을 재촉했다. 어쩔 수 없이 발로 먼지를 밀어내며 거실로 침대매트리스와 프레임, 머리판을 옮겼다. 온 몸에 힘을 주어 거실로 떠밀었더니 침대는 거실로 이동했다. 침대에 다시 매트리스커버를 씌우고 이불을 덮고 베개를 놓았다.

거실에 놓인 침대를 보고 시은은 하늘을 우러러보며 외치고 싶었다. '정녕 제가 이 침대를 혼자 옮겼단 말입니까?'라고. 넓은 거실에 놓인 침대는 아무래도 이질적이었다. 부인은 계속 이리저리 침대를 둘러보며 위치를 확인했다. 다시 바꿔 달라면 어떡하나 걱정했는데 다행스럽게도 별 말은 없었다.

조금만 더 일을 했다가는 탈진할 것 같았다. 부인은 시은에게 휴식을 명했고 시은은 방으로 들어와 소파에 드러누웠다. 어느 때보다도 낮잠이 절실했지만, 잠은 오지 않았다. 그제야 팔과 다리에 통증이 밀려왔다. 근육통이다.

그러자 근육통 때문에 잠을 못 이루었던 과거의 어느 날이 떠올랐다. 김장을 한 후 엄청난 팔 통증 때문에 고통받고, 대청소를 한 후 다리에 쥐가 나고 후들거려 뜬눈으로 밤을 지새웠던 날이 있었다. 부인에게는 큰소리쳤지만, 시은도 간혹 잠을 설치는 평범한 사람에 불과했다. 이러다가는 오늘도 근육통에 시달리느라 잠을 제대로 못 잘 것 같았다.

간단하게 점심을 때우고 거실로 나갔다. 부인은 이층에 있을 것이다. 부인의 낮잠 시간이라는 생각에 시은은 소파에 앉아 시간을 때웠다. 이쯤이면 괜찮겠거니 생각하고 이층 계단을 올랐다. 너무 조용해 일찍 올라왔나 싶어 잠시 주저했다. 침대에 누워있던 부인이 인기척에 몸을 일으켰다. 혹시 곤한 잠을 깨운 건 아니었나 걱정했지만 부인은 잠을 잔 눈치는 아니었다.

이제 거실 청소를 할 시간이다. 먼지를 모두 없애지는 못했지만 열심히 청소했다. 커튼이 다시 쳐진 거실은 빛이 점점 줄어드는 오후에 잠겨 다시 어두워졌다. 미처 해결하지 못한 먼지 역시 모두 어둠속으로 숨었다.

부인은 여기에서 자도 좋다고 했다. 그 말에는 그랬으면 좋겠다는 부탁이 담겨 있었지만 거절했다. 웬만하면 아니 되도록 아니 항상 자기 방에서 잠을 잔다는 규칙이 시은에게는 정말 중요했다.

집까지 터덜터덜 걸었다. 소박한 원룸이 이리 반가울 줄이야.

일요일 아침 다시 고객의 집으로 향했다. 잠을 못 잘 정도의 심한 근육통은 아니었지만, 아침에 일어나자 팔과 다리에는 미처 없애지 못한 약한 통증이 느껴졌다.

오전에 요리를 준비하고 오후에 손님을 맞이하려면 바삐 서둘러야 했다. 조급한 마음과 달리 부인은 한참 뜸을 들였다. 냉장고나 싱크대 위에 놓인 요리 재료도 부실했다. 이래서야 손님맞이가 가능할까 걱정됐다. 배달요리를 주문할 생각인가 싶었지만, 그런 낌새도 없었다.

"손님이 소화가 잘 되지 않아 죽이나 가벼운 음식을 준비해달라고 했어요."

오늘 메뉴는 죽이다. 이미 부인이 쌀을 물에 불려놓았다. 그 양이 상당히 많아 놀랐고, 미리 꺼내놓은 냄비가 너무 커서 또 놀랐다. 도대체 죽을 몇 인분이나 끓일 셈인지. 시은은 죽의 조리법을 떠올리고 냉장고에 있는 재료를 감안해 죽을 만들었다.

오랜 시간 주걱으로 죽이 달라붙지 않도록 저었다. 팔이 아팠고 서서히 몸 전체에서 이상증상을 호소했다. 그래봤자 시은이 할 수 있는 일은 아무 것도 없었다. 그냥 열심히 휘저으면서 빨리 죽이 완성되기를, 시간이 가기를 바랄 수밖에 없었다.

오랜 시간이 흐르자 점차 쌀 알갱이는 물을 흡수하고 끓어 올라 부드러운 죽으로 변해갔다. 지금 겨우 형태를 유지하고 있지만, 입안에 넣으면 바로 흡수돼 사라질 것이다. 잘게 다진 채소와 소고기가 맛을 더해줄 테고.

이제 죽은 조금만 더 저으면 완성된다. 시은은 안도했다.

부인이 제법 큰 물 잔을 가져왔다. 안에 담긴 음료는 샛노란 색이 선명해 인공색소를 탄 것처럼 보였다.

"이것 좀 마셔요."

지나치게 인공적인 노란 액체가 수상했다. 썩 내키지 않는 표정을 눈치챘는지, 고객의 눈빛이 흔들렸다.

"내가 만든 음료예요. 오늘은 좀 진하게 끓였더니, 평소보다 색이 훨씬 노래졌어요. 늘 마시던 음료처럼 건강한 메뉴로만 만든 거니까 안심하세요."

노란색이 지나치게 이질적이어서 여전히 미심쩍었다. 평소 마셨던 음료는 연상되지 않을 만큼 색이 진하고 양도 많았다. 잔을 가까이 가져가니 향이 느껴졌고, 괜히 쓴맛도 강해진 것 같았다. 한 모금 마셨을 뿐인데 잔뜩 표정이 찌푸려졌다.

"너무 진해요? 맛이 이상한가? 쓴맛이 나나? 그래도 쓴 게 몸에 좋으니까 남기지 말고 다 마셔요."

"네."

대답은 시원하게 했지만 과연 다 마실 수 있을지 의문이었다. 부인은 평소처럼 계속 시은을 지켜봤다. 시은은 한손에 노란 액체가 든 잔을 들고 죽 냄비를 보았다. 나무주걱으로 빡빡해진 바닥을 긁어내며 다른 손에 든 음료의 존재감을 계속 느꼈다. 그리고 시은을 바라보는 고객의 눈초리 역시도.

죽이 완성되어 불을 끄고 젓는 일을 끝내도 되지만 그러지 못했다. 음료를 마신다는 것을 보여줄 양 조금씩 입에 머금었다가 삼켰다. 음료가 조금 줄었다. 슬쩍 눈치를 보다 부인이 잠깐 눈을 돌렸을 때, 재빨리 남은 음료를 죽 냄비에 붓고 그대로 다시 저었다. 음료의 진한 노란빛은 죽과 섞여 옅어졌다. 이건 아무도 모를 비밀 레시피다.

평소 연노란 빛깔 음료를 마시고 낮잠을 곤하게 잤다. 오늘 같은 날 이처럼 진한 음료를 마시면 완전 숙면을 취할지도 모른다. 그랬다가는 손님맞이는커녕 밤에나 잠에서 깰 수도 있었다. 일할 때 조는 건 절대 금물이다. 특히 요리를 할 때는 더 그렇다. 시은은 부인의 건강 음료가 섞인 죽을 생각하며 스스로 이렇게 합리화했다. 게다가 죽의 양이 많아 죽 한 그릇을 먹는다고 음료의 효과가 나타나지는 않을 것이다.

"죽이 다 되었어요."

"그래요? 한번 맛을 볼까."

시은은 작은 그릇에 죽을 떠 부인에게 주었다. 후후 불어 식히고 부인은 맛을 보았다. 이번에는 시은이 부인의 눈치를 살폈다. 설마 음료맛이 느껴진다고 화를 내지 않을까 불안했다. 분명 매일 음료를 마셨으니 그 맛이 익숙할 것이다.

"죽은 이 정도면 됐고."

다행스럽게 부인은 죽에 숨은 비밀을 눈치채지 못했다.

이번에는 이층 방에서 얇은 이불과 담요, 천을 꺼냈다. 이불이나 담요야 손님이 쓴다지만, 천은 또 무슨 용도일지 의아했다. 방석도 꺼내놓고 손님방에서 높은 테이블을 가져다 침대 옆에 놓았다. 손님의 취향은 괴이했다. 어떤 사람일지 상상도 할 수 없었다.

얼마 후 초인종 소리와 함께 손님이 도착했다. 대문이 열리고 정원으로 들어선 손님은 부인보다는 어려보이는 중년 여성이었다. 현관문을 들어서자마자 생글생글 웃으며 시은에게도 반갑게 인사했다. 미소를 띠고 있지만, 신경질적인 표정은 가리지 못했다. 눈가와 이마의 잔주름은 지나친 예민함과 신경성을 드러낸 상태로 굳어져 있었다. 방에서는 답답해서 잠을 못자고 죽을 먹어야 할 정도라면 얼마나 예민한 사람인지 쉽게 알 수 있다. 손님이 커다란 트렁크를 끌고 왔기에 시은은 급히 트렁크를 건네들었다.

"침대 보셔야죠."

"아, 침대!"

"탁 트이되 조금 어두운 곳이 좋다고 하셔서, 이층 거실에 침대를 놓았어요."

둘은 이층 계단을 올랐다. 시은 역시 조용히 그 뒤를 따랐다. 손님이라는 사람의 정체가 궁금했다. 부인과 손님의 나이 차이는 이십년 이상 나 보였다. 그런데 부인은 손님이 이곳에 등장한 순간부터 깍듯하게 예의를 갖추고 존댓말을 썼다. 손님 역시 존댓말을 썼지만, 실제 대화의 톤은 아랫사람을 대하는 느낌이었다. 셋은 이층에 올라 어두운 거실을 둘러보았다. 시은은 어제 소파와 테이블을 일층으로 내리고 침대를 거실로 옮기면서 생긴 근육통을 다시 느꼈다.

"흠."

"배치가 마음에 안 드시나요?"

손님이 말없이 심각한 표정으로 침대 옆에 서있었다. 부인이 그 옆에서 안절부절못하며 쩔쩔맸다. 시은은 무표정하게 있었지만, 속으로는 적지 않게 불안했다. 이 손님이 침대 배치가 마음에 들지 않는다고 말하면 다시 바꾸어야 한다. 설마 침대를 다른 곳으로 옮기라고 하지는 않겠지?

"이 정도면 되겠네요. 나머지 자세한 건 어차피 이따가 진행하니까."

손님이 엄청난 비밀이라도 숨겨진 것처럼 부인을 돌아보았다. 부인은 연신 고개를 조아리며 손님의 말에 맞장구쳤다.

"이제 식사하시죠."

부인의 말을 듣고 시은은 허둥지둥 일층으로 내려와 점심 식사를 차렸다. 따뜻하게 데운 죽을 담고 잘게 찢은 쇠고기 장조림, 김, 김치, 물김치를 반찬으로 올렸다. 수저를 내려놓자 때를 맞춰 두 사람이 부엌으로 들어왔다.

"요즘 속이 안 좋다고 하셔서 죽을 준비했어요. 드셔보시고 마음에 안 드시면 다른 메뉴로 바꿀게요."

부인은 연신 고개를 숙여 손님을 식탁으로 안내했다. 흡사 사이비 종교 지도자와 그를 믿는 신도 같았다.

"두 자리 뿐이군요. 저 분은 안 드시나요?"

손님이 시은을 가리켰다. 부인 역시 고개를 들어 시은을 바라보았다. 시은이 여기 있다는 것을 이제야 눈치챘다는 듯 표정에 놀라움과 어색함, 당혹감이 담겨있었다.

"그게……"

"저는 괜찮습니다."

이럴 때는 크게 몸짓을 하며 활발하게 대답을 하면 서로 민망하지 않고 분위기도 좋아지련만 시은은 그러지 못했다. 시은이 듣기에도 대답은 지나치게 퉁명스러웠다. 일할 때도 항상 혼자 밥을 먹는 것이 습관이 됐다. 도리어 이렇게 고객과 함께 밥을 먹는 일은 상상만으로도 답답했다.

"그럼 저 트렁크를 이층에 갖다 줘요."

손님은 시은에게 할 일을 명하고 바로 수저를 들었다. 시은은 식탁 위에 물 잔을 올려놓고 부엌에서 나왔다. 평소 부인이 식사할 때 부엌을 오가며 수발을 들어도 불편하지 않았다. 하지만 손님이 자신의 존재를 언급한 순간, 왠지 이곳에 있으면 안 될 것 같았다.

트렁크를 이층 거실에 올려놓고 방으로 들어왔다. 점심으로 먹을 샌드위치를 사왔지만, 지금은 허기보다 피곤이 먼저였다. 졸음도 몰려왔다. 아무리 지쳐도 오늘은 손님을 맞는 날이니 정신 바짝 차려야 했다. 샌드위치를 먹고 났더니 졸렸다. 지금 자면 안 된다고 아무리 타일러도 눈꺼풀은 무겁게 내리꽂혔다. 어쩔 수 없었다.

휴식은 너무도 짧았다. 갑자기 문이 벌컥 열렸고 손님이 모습을 드러냈다. 깜빡 졸던 시은은 잠에서 깨어 벌떡 일어났다.

"좀 부탁할 게 있는데……."

부탁이라는 단어를 썼지만 그 태도는 위압적이었다. 시은은 소파에서 일어났다. 손님이 말한 부탁이란 이층 거실 커튼 사이로 새 들어오는 빛을 모두 막아달라는 거였다. 한낮이라

커튼 틈새로 햇빛이 새들어왔다. 어떻게 저 빛을 막을지 고민했다.

"저 천으로 틈새를 막으면 되지 않나?"

손님의 목소리에 당당함이 넘쳤다. 시은에게 침대 주변에 놓인 온갖 천을 가리켰다. 천을 테이프로 붙여 고정해 커튼 틈새를 모두 막았다. 거실은 더 어두워졌지만 사람과 물건의 실루엣은 여전히 드러났다.

"침대는 이 정도면 됐고. 초는 준비했나요?"

"아차차. 초. 그걸 깜박했네요."

"초를 깜박하다니. 그것도 중요한 소품인데."

"죄송합니다. 당장 가져올게요."

부인이 다급하게 종종걸음을 쳤다. 초는 손님방에 있다는데 시은이 그리로 향하자 부인이 시은을 앞질렀다.

"초를 올려둘 테이블을 갖다놓고는 정작 초는 잊었어요. 이럴 수가. 나이가 드니 자꾸 깜빡깜빡해요."

초를 찾으면서 부인은 계속 거실에는 손님이 듣는지 듣지 않는지는 신경 쓰지 않고 변명을 늘어놓았다. 부인이 꺼낸 초는 두꺼운 양초를 쏙 빼닮은, 건전지를 넣어 작동하는 LED초였다.

"LED초도 좋은 게 많더라고요. 이런 것도 상관없다 하셔서."

"그럼요. 빛이 지나치게 환하지만 않으면 괜찮아요."

"은은하게 빛나는 제품으로 달라고 했어요."

테이블 위에 초를 놓았다. 제품 밑 온 스위치를 누르자 촛불에 빛이 들어왔다. 은은한 불빛이 어둠 속을 유영했다. 건전지로 만들어진 빛은 진짜 촛불처럼 하늘하늘 흔들거렸다.

"너무 많이 놓을 필요는 없고, 한 네다섯 개만 있으면 되겠네요."

나머지는 테이블 아래에 두었다. 손님은 자신이 가져온 트렁크에서 황동 재질의 커다란 화로를 꺼냈다. 다시 트렁크에서 부스럭거리는 소리가 들렸다. 손님이 풀무더기를 꺼내 화로에 넣었다.

"준비는 모두 끝났네요."

손님은 화로에 담긴 풀에 불을 붙였다. 시은은 마른 풀이 활활 타올라 불이 나지 않을까 불안했다. 다행스럽게도 화로에서는 연기만 날 뿐 불꽃은 없었다. 그때 그 향이 번졌다. 몽유병 증상을 보인 날 부인을 이층 방으로 데려갔을 때 방에서 맡았던, 향초와 향수와는 미묘하게 달랐던 그 향. 이제야 정체를 알게 된 그 냄새가 점차 강해졌다.

"잠깐 여기 누워보세요."

"네?"

주변에 멍하니 서 있다 한참만에야 손님이 말한 상대가 시은이었다는 사실을 알아챘다.

"여기 침대에 누워보시라고요."

손님의 말에는 신경질이 담겨있었다. 부인이 시은에게 황급히 다가왔다.

"침대에 잠깐만 누워있으면 되니 부탁해요."

시은이 조금이라도 완강했으면 부인이 고개를 숙일 것 같아 그냥 침대에 누웠다. 침대에 누워서도 왜 여기 누워있어야 하는지 이유를 몰라 멀뚱멀뚱 천장만 바라보았다.

"중간에 있지 말고 약간 이쪽으로. 그렇지. 그렇게 구석으로."

손님은 어느새 시은에게 베개를 주고 침대의 왼편에 누우라고 자리를 지정했다. 어색하고, 어색하고 또 어색했다.

"잠깐만 그러고 있으면 됩니다."

손님의 목소리는 어느새 풀려있었다. 주변에서 이상한 풀
냄새가 강해지더니 따듯한 기운이 느껴졌다. 손님이 어느새
꽃다발처럼 풀더미를 손에 들고 시은의 얼굴 위로 돌렸다.
시은의 얼굴 주변은 풀냄새와 연기가 가득했다. 혹시 불꽃
이 떨어지지 않을까 걱정됐다. 얼굴이나 몸에 화상을 입는
것도 문제였지만 침대나 이불에 떨어져 불이 나는 것도 걱
정이었다.

정체를 알 수 없는 괴상한 행사와 주종관계가 뚜렷해 보이
는 부인과 손님을 보니 사이비 종교가 맞는 것 같다. 고객이
사이비 종교를 믿는다고 해도 시은이 상관할 바는 아니었고,
일하는데도 영향을 주지 않는다. 그러나 일요일 한낮에 단독
주택 거실에서 이상한 풀냄새를 맡으며 침대에 누워있는 상
황은 그냥 넘길 수만은 없었다.

"아주 잠깐만 누워있으면 됩니다. 눈은 감고요."

아무리 사이비 같다고 해도 지금 당장 벌떡 일어나 가버릴
수는 없었다. 시은은 손님의 말대로 눈을 감았다. 주변에서

벌어지는 일은 신경 쓰지 않기로 했다. 이상한 주문처럼 들리는 손님의 말도, 그걸 따라하는 고객도, 주변에서 여전히 느껴지는 풀냄새와 연기도. 이왕 이렇게 누워있는 것, 좀 쉬어볼까 싶었다.

　몸이 피곤했던 탓일까. 시은은 깜빡 잠이 들었다. 하지만 얼마 후에 바로 잠에서 깼다. 사방에 가득한 이상한 냄새와 소음 때문이었다. 정신이 몽롱했다. 풀냄새는 점점 공기를 대체했고, 손님은 녹음기를 틀어놓은 것처럼 연신 이상한 주문을 외웠고 그 소리는 점점 더 커졌다.

　갑자기 시은의 곁에 이상한 존재감이 느껴졌다. 누군가 혹은 무언가가 침대에 누운 시은의 옆에 있다는 강렬한 감각이었다. 눈을 떠 확인해보고 싶었지만 그럴 수 없었다. 지금 눈을 뜨면 안 될 것 같았다.

　무엇인지 확인해볼까 고민하고 있는데 시은의 옆에 있던 무언가가 갑자기 움직였다. 침대가 출렁거렸다.

　"안 돼, 안 돼, 안된다고."

　부인이 악을 쓰며 소리를 질렀다. 침대에서 몸을 한껏 움직이는지 침대의 스프링이 거세게 출렁거렸다. 그러니까 방금 전까지 시은 옆에는 부인이 누워있었던 모양이다.

"안 돼요, 안 돼. 어떡해야 돼?"

부인은 비명을 질렀다.

"쉽지 않다는 건 잘 알고 있잖아. 갑자기 그렇게 소리를 지르면 이 사람이 깨요. 조용조용."

"아흐흑. 제발 어떻게 좀 해봐요. 이제 더 이상 이렇게는 못 살겠어."

"그래서 제가 왔잖아요. 갑자기 이렇게 소리 지르면 이번에도 실패해요."

부인은 떼쓰는 어린아이, 손님은 그걸 달래는 할머니 같았다. 둘의 분위기가 아까와 완전히 달라졌다.

"제발 나 좀 살려줘요. 매일매일 내가 엄청난 공포 속에서 사는 걸 잘 알잖아요. 조금이라도 잠들었다 싶으면 악몽에, 공포에 내가 사는 게, 사는 게 아니에요. 내 몸은 이제 껍데기만 남고, 나머지는 악몽에 모두 먹혀버린 것 같다고요. 나도 다른 사람들처럼 편하게 잠자고 쉬고 꿈꾸고 싶어요. 제발, 이번에는 제발 꼭 성공해주세요."

"네네. 제가 알아서 잘 해드릴게요. 소리 그만 지르세요. 이 사람이 언제 깰지 모르잖아요. 그럼 또 실패하고 다시 다른 사람 찾느라 시간이 많이 걸려요."

"그건 괜찮아요. 내가 오늘은 약을 아주 많이 넣어서 먹었으니까. 또 어제랑 오늘 계속 힘든 일 시켜서 엄청 피곤할 거예요."

"정말요?"

"아까 오시기 전에 수면제니 수면유도제니 어쩌고 하는 약 다 갈아서 먹었어요. 아마 당분간은 정신없이 잠들 테니 걱정 말아요."

"하하하. 그렇군요. 역시 준비성은 철저하셔라. 다시 시작합니다. 편하게 누워 눈을 감고 잠들 준비를 하세요. 제가 이 사람의 꿈을 보내드리고, 당신의 악몽은 이 사람에게 집어넣을 테니까요."

"제발 말대로 됐으면 좋겠네."

"그럼요, 그럼. 이번에는 꼭 성공할거에요. 오늘부터는 악몽 대신 이 사람의 좋은 꿈과 편한 잠이 찾아갈 거예요. 그건 제가 보장해요. 잠드는 게 아무리 무섭고 두렵고 힘들어도 시도해 보세요."

"그래요."

부인의 목소리에는 어느새 처량함이, 손님의 목소리에는 부드러움이 묻어났다. 시은의 옆자리가 다시 출렁거렸다. 부인이 옆에 눕는 눈치였다.

"내가 말이야."

부인은 다시 소곤거리듯 말했다.

"내가 처음에 사람을 들이면 잠을 잘 자는지 무슨 꿈을 꾸는지 꼬치꼬치 캐물으면서 대상을 골랐어요. 그때는 별의별 사람 꼬여서 뭐든 다 했었지. 다른 사람 약 먹이고 혼자 주문 외워서 어떻게든 꿈을 바꾸려고 열심히 했어요. 그런데 계속 실패했어요. 일하던 사람들이 이상하다고 도망가더라고요. 하도 그러니까 원래 계약했던 업체는 이제 가정부 소개 못해 주겠다고 하더군요. 그래서 얼마 전에 업체 바꿨어요. 상황이 이러니 이제는 좀 포기할 건 포기했어요. 솔직히 이 세상에 나처럼 악몽에 시달리고 잠을 못자고 고생하는 사람이 얼마나 있겠어. 아무리 무서운 꿈을 꾼대도 나만 할까 했지. 그래서 그냥 아무나 닥치는 대로 꿈을 바꾸면 되겠다 싶었지.

혼자 아무리 주문 외우고 별 짓을 다해도 아무 소용없어서 다시 부탁드린 거예요. 이 사람은 잠을 잘 자고 꿈도 별로 기억이 남지 않는대요. 악몽은 아니니까 내가 이 사람의 잠과 꿈을 훔쳐오면 행복해질 거예요."

"그럼요. 이제 행복해지셔야죠. 우리 모두 최선을 다해서 꿈을 바꿔요."

"그럼 부탁해요."

한동안 침묵이 흘렀다. 하지만 시은은 풀냄새와 옆에 누운 부인의 존재감을 강하게 느꼈다. 다시 손님의 주문이 들려왔고, 끊임없이 이어졌다.

시은은 이런 이상한 일에 연루될 줄은 전혀 상상도 못했다. 서로의 꿈을 바꾼다고? 듣도 보도 못한 일이었다. 시은의 상식으로는 불가능했다. 부인이 잠을 못자는 거야 본인이 여러 번 이야기를 해서 잘 알고 있었다. 하지만 악몽을 꾸지 않기 위해 다른 사람의 꿈을 훔칠 계획을 짜고 있을 줄은 전혀 몰랐다. 까다롭게 일을 시키고 수면제 탄 물을 주면서 낮잠을 재우는 음모를 저질렀음을 이제야 눈치챘다.

부인은 이 중년여성에게 속아 말도 안 되는 일을 저질렀다. 지금까지 도대체 얼마나 많은 사람을 상대로 이런 일을 벌였을지 상상할 수 없었다. 분명 시은에게 한 것처럼 수면제를 탄 물을 먹이고 이상한 풀을 태우고 주문을 외면서 서로의 꿈이 바뀌기를 바랐겠지.

시은은 이런 상황에서 어찌해야 할지 몰라 당혹스러웠다. 이럴 때 김 소장과 연락을 할 수 있다면 얼마나 좋을까. 김 소장에게 지금 벌어지고 있는 일을 알려주고 어떻게 해야 하는지 조언을 듣고 싶었다. 하지만 지금 당장 그럴 수는 없었다. 이건 오롯이 시은 혼자 감당하고 해결해야 할 문제였다.

시은은 고민했다. 이대로 계속 잠자는 척을 하며 누워 있어야 할지, 그것도 아니면 바로 일어나야 할지 마음속은 복잡했다.

그때였다. 풀냄새로 가득했던 시은의 콧구멍에 다른 냄새가 스며들었다. 시은은 생각을 집중하며 그 냄새가 무엇이며, 어디서 나는지를 찾았다. 슬쩍 코를 벌름거렸다. 점차 그 냄새의 정체를 알 수 있었다. 지금과 같은 상황에서도 결코 무시해서는 안 되는 냄새였다. 이건 시은이 일을 하면서 많이 맡았던, 풀이 아닌 전혀 다른 무언가가 타는 냄새였다.

시은을 고용한 고객은 나이 때문인지, 가스레인지에 냄비나 주전자 같은 것을 올려놓고 깜빡 잊곤 했다. 시은은 집을 가득 채운 심한 냄새와 새까맣게 그을리고 바닥에 온갖 것이 달라붙은 냄비와 주전자를 보고 무슨 일이 벌어졌는지 짐작했다. 지글지글, 자글자글, 보글보글 그 안에 든 내용물이 모두 탄 후에 나는 냄새는 고약했다. 새까맣게 탄 냄비나 주전자를 원상태로 되돌리는 건 부차적인 문제였다. 먼저 집안을 가득채운 냄새를 없애야 했다. 창문을 열고 온갖 처방을 내려도 그 냄새는 쉽게 사라지지 않았다. 간혹 그 냄새는 며칠 혹은 몇 달간 계속 남았다.

지금 무언가가 타는 냄새가 시은의 콧구멍을 강타하고 있었다. 그 냄새가 점차 심해졌다.

두 사람도 냄새를 맡은 모양이었다. 주문을 외우던 손님도, 시은 옆에 누워 잠자던 부인도 부산스럽게 반응했다. 불안감 때문에 온 몸에 땀이 났다. 당장 일어나야 한다. 시은은 벌떡 일어났다.

"이게, 무슨 냄새인가요?"

바싹 마른입에서는 목소리가 제대로 나오지 않았다. 시은은 반쯤 몸을 일으켜 세우고 주변을 두리번거렸다. 침대 바로 옆자리에 넋이 나간 표정으로 누워있는 부인을 보았다. 옆자리에 부인이 누워있다고 의심은 했지만, 막상 실제로 보니 더 끔찍했다.

"괜찮으세요?"

"이 냄새는 뭐야? 어디서 나는 거야? 도대체 나한테 왜 이래? 다 망했어, 다 망했다고."

부인은 침대에서 일어나 소리를 지르며 악을 썼다. 시은은 부인을 달래랴, 냄새의 진원지가 어디인지 확인하랴 정신이 없었다. 손님은 여전히 한 손에 풀을 든 채로 멍하니 서있었다. 냄새가 나는 곳을 찾지 못하면 화재가 날 것이다. 시은은 이층을 샅샅이 돌아봤지만 아무것도 찾지 못했다.

"도대체 어디에서 이 냄새가 나는 걸까요?"

시은은 코를 벌름거리며 냄새의 진원지를 찾아다녔다. 도대체 어디일까? 냄새는 이제 풀냄새를 뒤덮고 주변을 가득 매웠다.

"그런데 언니, 아까 물 끓인다고 하지 않았어?"

그동안 감정적으로 줄곧 우위를 차지했던 손님이 부인을 언니로 지칭하며 당혹감을 드러냈다. 그렇다면 당장 물을 어디서 끓였는지 알아내야 한다.

"물요? 어디서 끓이셨는데요?"

"아까 여기 올라오기 전 부엌에서."

시은은 당장 계단을 달려 내려갔다. 그곳에 있었다. 바닥이 발갛게 달궈진 주전자가. 시은은 당장 가스레인지의 불을 껐다. 부엌의 작은 창문과 거실의 커다란 창 그리고 현관문까지 활짝 열었다. 고약한 냄새와 연기가 한순간에 사라지지 않았다. 이미 손잡이의 플라스틱이 슬슬 녹기 시작한 주전자는 맨손으로 만질 엄두가 나지 않았다. 옆에 있는 행주로 손잡이를 잡아 개수대에 던져 넣고 찬물을 틀었다. 치이익 소리와 함께 주전자에서는 하얀 김이 나왔다.

분명 물만 끓여서는 이렇게 고약한 냄새가 날 리 없었다. 주전자에는 물뿐만 아니라 다른 것도 들었을 게 분명했다. 주전자 뚜껑은 쉽게 열리지 않았다. 시은이 주전자 처리에 골머리를 앓고 있는데 이층에서 부인이 울었다.

시은은 다시 이층으로 올라갔다. 부인은 침대에 누워 대성

통곡하고 있었다. 손님은 굳은 표정이었다. 시은은 손님의 손에서 연기가 나오는 풀을 빼앗아 화로에 쑤셔 넣었다. 일층에서 불이 날 뻔했는데 또 다른 화재의 시초를 남겨두고 싶지 않았다. 그 와중에도 LED 촛불은 어두운 이층에서 하늘하늘 빛을 내뿜으며 주변을 밝혀주었다. 시은은 당장 이층의 커튼을 모두 거두고 창문을 열 참이었다.

 "나가, 나가, 다 나가."

 부인이었다. 어느새 침대에서 일어선 그녀는 흡사 공포영화 속 귀신처럼 모골이 송연했다.

 "나가라고. 다 나가!"

 "언니. 왜 그래. 언니가 주전자 불을 안 꺼서 실패한 거잖아. 다시 하면 잘 할 수 있을 거야. 진정해요."

 부인은 전혀 진정하지 않았다. 고래고래 소리를 지르더니 행동마저 괴팍해졌다. 테이블을 넘어뜨렸다. LED초가 떨어졌다. 그것이 화재의 원인이 될 리는 없지만 시은은 가슴이 철렁했다. 화로에 담겼던 풀마저 바닥에 떨어졌다. 풀은 불이 붙지 않고 연기만 났지만 그래도 다른 곳에 불이 옮겨 붙지 않을까 조마조마했다. 부인은 팔을 사방으로 휘두르며 침대의 베개와 이불을 던졌다. 주변에 놓았던 천마저 사방으로 던졌다. 천은 멀리 날아가지 못하고 펼쳐진 채 천천히 공중을 배회하며 떨어졌다.

"당장 나가라고. 다 나가! 나가! 나가!"

주변을 맴돌며 부인을 안정시키려던 손님은 주변에 있던 자신의 짐을 캐리어에 집어넣었다. 시은은 어찌해야 하나 고민했다. 부인의 말을 따라야 할지 아니면 여기에 남아 이곳을 정리해야 할지 갈피를 잡지 못했다.

그러나 그 고민은 더 이상 필요 없었다. 부인이 시은을 가리켰다.

"너도 당장 내 눈 앞에서 꺼져. 다시는 여기에 오지 마. 오지 말라고!"

고래고래 부인이 내지르는 소리에 귀가 먹먹해졌다. 손님은 혼비백산한 표정으로 캐리어를 챙겼다. 시은의 짐이래야 가방이 전부였다. 어느새 부인은 시은 곁으로 와 시은을 밀어냈다. 시은은 그렇게 손님과 함께 밖으로 쫓겨났다.

손님은 현관문을 나오자마자 말투와 표정이 확 달라졌다.

"흥. 기껏 도와주겠다고 바쁜 와중에도 급히 달려왔더니 이렇게 쫓아내? 어디 잘 지내나 보자. 퉤퉤."

현관문 앞에서 한껏 침 뱉는 행동을 하던 손님은 밖으로 나갔다. 시은은 잠시 망설였다. 이곳까지 탄 냄새가 진동했다. 현관문 밖에서도 부인의 고함소리와 무언가를 내리치는 소리가 들렸다. 이곳을 떠나도 되나 고민했지만, 지금 이런 상황이라면 어쩔 수 없었다.

비록 쫓겨나긴 했지만, 일에서도 완전히 잘린 것인지는 확실치 않았다. 물론 부인은 다시는 오지 말라고 했지만, 사람은 실제 마음과 말이 다른 경우가 많다. 월요일 오전 시은이 출근해야 하나 말아야 하나 고민하고 있는데 김 소장이 전화를 했다.

"고객이 다시 나오지 말라고 했다며?"

"응? 응. 그랬지."

"오늘 긴급 서비스로 연락해 다른 사람을 불러달라고 하시더라."

"다른 사람?"

"조용하고 얌전한 사람을 원한대."

"그래?"

"조용하고 얌전한 사람 중에 너 만한 사람이 없지만, 고객이 원하는 게 그렇다니 열심히 찾아봤지."

"그런데 말이야……."

유어서비스에는 고객에 대한 프라이버시 조항이 있다. 일을 하며 알게 된 고객정보는 절대로 누구에게도 발설하면 안 된다. 그 대상이 회사라 하더라도 마찬가지였다. 물론 범죄와 연관되거나 위험한 상황에 처할 때는 예외가 인정된다.

어제 있었던 일은 고객의 프라이버시일까, 아니면 범죄일까. 분명 부인은 일을 꾸미며 시은을 몰래 잠재워 꿈을 바꾸려 했다. 그게 진짜 가능한지 여부와는 상관없이 사람을 위기에 빠뜨릴 수도 있었다. 시은 이전에 다른 직원 역시 이런 일을 겪었을 테고, 앞으로 그곳에 갈 직원도 이런 상황을 겪게 될 것이다. 그렇다면 회사에 알려야 한다.

시은이 입을 연 순간, 김 소장이 선수를 쳤다. 시은은 입을 다물고 김 소장의 말이 끝나면 이야기하기로 했다.

"아무래도 이번 고객은 요주의 인물이라서 말이야. 오랫동안 일을 쉰 직원을 보내볼까 해."

"오랫동안 일을 쉰 직원을 보낸다고?"

오랫동안 일을 쉰 직원이 이 사건을 제대로 대처할 리 없다. 김 소장은 평소 모든 일을 완벽하게 처리했지만 이번일 만큼은 무슨 오해를 한 모양이다. 아니면 블랙리스트 고객이라 신경 쓰지 않는 건지도 모르겠다. 당장 김 소장에게 상황을 알리고 이번 결정을 재고해야한다고 말해야한다. 그런데 김 소장이 말을 끊지 않았다.

"그 직원이 교통사고를 당한 후부터 밤에 자해를 한다더라고. 이상한 소리지만 심지어 혼자 자면서 죽으려고도 했었나봐. 얘기 들어보니 잠자다 한손으로 목을 조르지 않나, 비닐봉지를 자기 머리에 씌우고 묶지 않나. 잠자면서 자살소동을 벌인대. 도저히 잠든 사람이 한다고는 예측할 수 없는 일인거지. 병원에서도 치료가 안 되고 심리치료니 정신과치료니 다 받았는데도 해결이 안 돼서 지금은 포기 상태래. 요양원에 있는 걸 낮에는 멀쩡하니 일해보자고 꼬셨지. 일하다보면 혹시 밤에 잘 때 편해지지 않을까 하는 생각에서. 본인도 좋다고 조만간 출근하겠대. 요즘 완전 의기소침해져서 그런지 조용하고 침울하고 그런 상태래. 다른 건 몰라도 조용하고 얌전한 면에서는 완벽하지."

시은은 김 소장의 말을 듣고 애초 하려던 말을 아예 꺼내지도 않았다. 사고를 당한 후에 잠이 들면 자해를 하는 증상을 얻었다는 직원은 어떻게 찾았는지 궁금했다. 김 소장이 남몰래 시은의 작업을 지켜보는 건 아닌가 하는 의심도 들었다.

오래전부터 유어서비스 직원에게 전해져온 교훈 하나가 떠올랐다.

'김 소장은 모든 것을 알고 있다.'

그래 어쩌면 우연찮게도 김 소장은 시은의 고민을 완벽하게 해결해준 건지도 모른다. 김 소장 덕분에 여러 사람의 잠자리가 편해질 것이다.

"당분간 좀 쉬어. 일 생기면 연락할게."

"알았어."

시은은 홀가분해진 마음으로 침대에 누웠다. 그러다 어제부인의 집에 점심으로 먹은 샌드위치 포장지를 그냥 두고 왔다는 생각이 나서 벌떡 일어났다. 그런 실수를 저지르다니 말도 안 된다. 그래도 지금은 어쩔 수 없다. 새 직원이 알아서

치우겠거니 생각하며 다시 누웠다.

　시은은 정말 오랜만에 좀 편하게 쉬어볼 생각이었다. 바깥에서 들려오는 매미 소리를 자장가삼아 시은은 침대에 누워 빈둥거리며 낮잠을 즐겼다.

66 물론 고객님에게도
나름의 고민은
있겠지요 **99**

침대에 누워 빈둥거리는 일은 평소라면 절대 용인할 수 없었다. 그런데 어럽쇼, 의외로 재미있고 편했다. 열심히 일하는 걸 천성이라고 여겼는데, 시은은 자기 안에 의외로 게으름이 숨어있을지 모른다고 생각했다.

"다음 고객이야."

"뭐?"

오랜만의 휴식은 김 소장의 전화로 끝났다.

"꼭 내가 가야 할 일이야?"

일을 안 해도 괜찮다는 사실을 알고 나니 지금 꽤 기고만장해졌다.

"아마도."

"아마도라니, 무슨 뜻이야?"

"이번에는 일만 하는 게 아니라 힘을 써야 해서 말이야."

김 소장에 따르면 이번 고객 역시 혼자 사는 노부인으로 평소처럼 집안일을 하되, 거기에 고객보호라는 역할이 더해졌다.

"고객의 안전이 문제되는 상황이야. 고객보호에 만전을 기해야 돼."

"안전이 중요하면 보디가드를 쓰면 되잖아?"

유어서비스는 고객이 원하는 모든 서비스를 제공한다. 시은처럼 가사도우미 일을 하는 사람뿐 아니라, 운전기사와 정원사, 가정교사 등 다양한 분야의 서비스를 제공할 사람이 포진해 있다. 물론 경호서비스 역시 가능했다.

"개인적인 사정 때문에 경호원은 싫으신가봐."

"개인적인 사정?"

"자세하게 이야기는 안 하셨는데, 아들과 재산다툼이 있나봐. 이전에 일했던 직원에게 들어 보니, 가끔 아들이 찾아와 돈을 요구하고 난동을 부린대. 고객이 경찰신고는 절대 안 된다 하시니 심하다 싶은 순간에 고객을 보호해야하는 거지."

시은이 담당하는 고객은 대부분 부유한 노부인이다. 재산은 많고 나이도 많다 보니 재산과 관련해 문제가 꽤 발생한다. 이번 고객 역시 돈 때문에 자녀와 다투는 모양이다. 자녀가 문제의 원인이면 대부분 경찰에 신고하거나 주변에 도움을 청하지 않는다. 그럴 때는 자녀와 고객 사이에서 난감한 경우가 많다.

"내 힘이 필요하다는 거지?"

시은은 일을 잘해서가 아니라, 힘이 세서 선호되는 게 좋은 건지 나쁜 건지 헷갈렸다.

"우하하. 그래 맞아. 힘이 필요해. 다툼이 점점 심해진다니까 힘센 사람이 제격이다 싶었지. 생각해보니 오래 찾을 필요도 없더라고."

그동안 시은은 일을 열심히 한다는 평가를 들어왔다. 최고의 직원이라는 칭찬도 자주 받았다. 이제 거기에 힘이 세다는 장점도 덧붙여야 할 것이다.

"그래. 알겠어. 이번에 힘 좀 써볼게."

"그럼 주소 보낼게. 내일부터 출근해."

"뭐가 그리……."

시은이 뭐라 말을 끝내기도 전에 김 소장은 전화를 끊었다.

시은이 대문 안으로 들어서자 잘 관리된 정원 안에 고급빌라 세 채가 나란히 서있었다. 삼층 빌라는 세월의 흔적이 역력한 붉은 벽돌과 초록색 지붕이 잘 어울려 세련돼 보였다. 시은이 갈 곳은 가운데 빌라의 이백이호였다.

"안녕하세요? 유어서비스 이시은입니다. 잘 부탁드립니다."

"들어와요."

재산문제 때문에 아들과 문제가 있다는 사실을 미리 들어서인지, 시은은 집을 들어서면서부터 고객의 안색부터 살폈다. 키가 작고 말랐고 조용해 보였다.

"먼저 절대로 안방에는 혼자 들어가지 말고, 청소도 하지 말아요. 안방에서 할 일이 생기면 내가 얘기할게요. 그전에는 절대 안방에 들어가지 마세요."

"네. 알겠습니다."

부인의 첫인상을 보고 말수가 적을 것이라고 예상했다. 이럴 때는 고객이 이야기하지 않은 부분까지 미리 신경 쓰되,

하지 말아야 할 항목을 정확하게 파악해야 한다. 그러나 부인은 정작 시은이 신발을 채 벗기도 전에 명확한 명령을 내렸다. 시은의 첫인상은 빛나갔지만, 이러면 일할 때는 편하다.

시은은 잠시 기다렸다. 금지된 사항을 알린 후에는 해야할 일을 얘기하겠거니 기대했다. 하지만 부인은 조용했다. 그 외에 다른 집안일에 대한 언급은 없었다. 평소 하던 대로 청소하고 빨래하고 정리하고 설거지하고 요리하면 된다. 안방만 가지 않으면 무엇을 하든 상관없었다.

이백이호에는 넓은 거실과 부엌, 방 세 개, 욕실 두 개, 다용도실 하나, 베란다가 있었다. 다른 빌라 건물과 거리가 제법 떨어져 있어, 이층임에도 거실의 커다란 창으로 빛이 제대로 들어왔다.

시은은 그동안 쌓인 스트레스를 풀 겸 열심히 일했다. 과거의 일은 과거로 돌려보내고, 이제는 현재를 살아야 한다. 생각 없이 일하면서 시간을 보내는 일상이 매일 이어졌다. 다행스럽게도 김 소장의 경고처럼 시은이 힘을 쓸 일은 생기지 않았다. 바로 그날까지는.

주말을 지나 월요일에 출근하니 집은 완전히 난장판이었다. 시은은 현관문 앞에 서 한동안 입을 다물지 못하고 눈앞에 펼쳐진 광경을 바라보았다. 흡사 거대한 태풍이 집을 훑고 지나간 것 같았다. 집안의 모든 것이 혼란 그 자체였다. 화분이 깨져 흙이 사방에 흩어져있었고, 부엌 찬장에 있어야 할 냄비가 나뒹굴었다. 소파며 테이블 같은 가구도 망가진 채 엉뚱한 곳에 놓여있었다.

시은은 급히 집안으로 들어갔다. 거실에는 부엌과 방에 있어야 할 옷, 책, 그릇 같은 온갖 물건과 가구, 가전제품이 사방에 어지럽게 던져져있었다. '도둑이다' 온몸에 전율이 일었다. 그냥 넘길 수 없었다. 그러다 시은이 이곳에 오기 전 들었던 김 소장의 당부가 떠올랐다. 재산다툼을 벌이는 아들 사이에서 부인을 보호해야 한다는. 그렇다면 지금 이 사태의 주범은 아들이 틀림없다.

부인이 보이지 않았다. 시은은 그녀를 찾아다녔다. 곧 시은이 확인해보지 않은 곳이 딱 한군데 남았다. 바로 안방이었다.

굳게 닫힌 안방 문 앞에서 시은은 망설였다. 분명 안방은 허락 없이 함부로 들어가서는 안 될 곳이다. 위급한 상황에서도 그래야 하나 싶었지만, 확인이 필요했다. 시은은 문을 똑똑 두드렸다. 아무 소리가 나지 않았다. 시은은 다시 문을 똑똑 두드렸다.

"안 계세요? 저예요."

"지금 밖에 아무도 없나요?"

"네, 저 혼자인데요."

"잠깐만요."

안방 문 안쪽에서 삐거덕거리고 쿵하는 소리가 한참 들렸다. 잠시 후에 문이 천천히 열렸다. 문틈으로 부인이 고개를 내밀고 주변을 살폈다.

"정말 아무도 없죠?"

"네."

시은은 아까 거실과 부엌, 다른 방은 모두 살폈다. 엄청난 혼란 속에 정적만 흘러 당연히 다른 사람이 있을 리 없다고 생각했다. 뒤늦게 베란다나 다용도실을 제대로 살펴보지 않아 불안했다. 두 사람 외에는 어느 누구의 흔적도 없었지만, 그래도 모를 일이다. 베란다나 다용도실뿐만 아니라, 가구 틈에 숨어있다가 갑자기 범인이 등장할 수도 있었다.

"살펴봤을 때는 아무도 없었어요. 제가 옆에 있으니까 괜찮을 겁니다."

이렇게 큰 집을 이토록 엉망으로 만들어놓았으니 분명 한 사람이 벌인 짓은 아니었다. 부축을 받아 거실로 나온 부인은 그대로 주저앉았다.

"아휴, 내가 못살아."

그 말에는 슬픔과 분노, 짜증, 고통이 담겨있었다.

"이를 어째."

집안을 둘러보면서 점점 절망했다.

"어디 다치신 데는 없으세요?"

"없어. 다행히도. 내가 안방에 있을 때 들이닥쳤지 뭐야. 안방 문 꽁꽁 잠그고 숨었더니, 그래서 더 난리 친 것 같아."

"혹시 모르니 병원에 가서 검사를 받아보세요."

"괜찮아, 괜찮아. 내 몸이야 내가 잘 알지. 그냥 화병으로 갈 날을 재촉하는 거지."

시은이 미처 확인하지 못한 다용도실이 보였다. 그나마 다른 곳은 망가진 것은 버리고 어지러이 놓인 것은 정리하고 고장 난 것은 고치면 된다지만, 이곳은 지옥이었다. 그릇과 병은 모두 깨졌고 온갖 소스와 국물이 사방을 뒤덮었다. 냄새는 또 어찌나 지독한지 저절로 얼굴이 찡그려졌다.

"경찰을 부르지 않아도 괜찮을까요?"

"경찰은 무슨. 그냥 조용히 정리나 해요."

"네."

시은에게는 고용주의 의견이 가장 중요하다. 지금은 주변을 정리하는 게 우선이었다. 시은의 머릿속은 복잡했다. 가장 먼저 어디를 어떻게 정리해야 하나 고심했다. 부인의 몸이 잠시 휘청거렸다.

"괜찮으세요? 여기는 제가 치울 테니 좀 쉬세요."

시은은 부인을 안방으로 부축했다. 안방은 의자와 테이블 같은 가구가 문 쪽에 널브러진 것을 제외하고는 깨끗했다. 다행히도 안방까지 들어와 난동을 부리지는 않았다. 부인은 침대에 누웠다.

"물 좀 갖다 줘요."

물 한 잔을 다 마신 뒤, 부인은 다시 침대에 누웠다. 지친 기색이 역력했다. 정리할 것이 가득해서 얼른 나가 일을 해야 하는데 발걸음이 떨어지지 않았다. 시은은 아들과 그 일당이 안방으로 들어오지 못하게 막을 용도로 쓰였을 안방 문 앞 가구부터 정리했다.

그때 꼬르륵 소리가 들렸다. 이건 분명 시은의 뱃속에서 나는 건 아니었다.

"내가 못살아. 어제부터 하루 종일 아무것도 못 먹었더니……."

시은이 출근하지 않는 주말에 부인은 이곳에 갇혀있었다. 물은 물론이고 밥도 먹었을 리 없었다. 부인은 분명 하루나 이틀은 굶은 게 틀림없었다.

"얼른 죽을 끓일게요."

시은은 부엌으로 달려갔다. 부엌은 카오스 상태였지만, 의외로 냉장고 안은 멀쩡했다. 이곳만은 건드리지 않은 모양이었다. 하지만 쌀과 냄비가 보이지 않았다. 겨우 거실에서 뒹굴고 있던 냄비를 발견하고 싱크대 안쪽에서 쌀도 찾았다. 쌀을 씻고 물에 불리지도 못한 채 냄비에 물과 함께 넣고 끓였다. 마음이 다급하고 초조했다.

죽을 담을 그릇이며 숟가락과 젓가락, 쟁반을 찾는 시간도 한참 걸렸다. 급조된 식사가 시은의 성에 찰리 없었다. 하지만 지금 당장은 어쩔 수 없었다. 시은은 급히 만든 죽과 반찬을 부인에게 건네주고 나왔다. 정리할 게 산더미였다.

시은은 소파를 제자리로 놓고 테이블을 정리하고 바닥에 내팽개쳐져 있던 텔레비전을 올려놓았다. 소파 뒤는 칼로 찢긴 자국이 있었고, 텔레비전 화면에는 굵은 세로줄 세 개가 선명했다. 소파는 망가지고 텔레비전은 고장났다. 거실 사방에 놓인 물건을 정리하다 시은은 고개를 들었다.

다용도실로 갔다. 이 집에서 최악인 이곳을 정리하지 못하면 내내 기분이 좋지 않을 것 같았다. 어디서부터 시작하나 한동안 입술만 깨물고 고민했다. 재활용쓰레기로 버릴 것과 일반쓰레기로 버릴 것을 분류하는 게 먼저였다. 집에 남길만한 물건은 하나도 없었다. 시은의 손은 금세 더러워졌다. 끈적거리고 미끈거리는 흔적은 소스와 음식에서 묻은 거여서 기분마저 축 가라앉았다. 고무장갑을 끼고 싶었지만, 어디 있는지 찾지 못했다.

바닥과 벽, 선반에 묻은 소스는 제대로 닦일지 의문이었다. 얼른 닦아내야 냄새가 나지 않고 자국도 줄일 수 있다. 벌레까지 꼬일지 모른다. 시은이 한숨을 내쉬며 더러운 바닥을 닦고 있는데, 부인의 목소리가 들렸다.

부인은 애타게 누군가를 찾고 있었다. 시은은 벌떡 일어나 안방으로 향했다. 안방문은 꽉 닫혀있었다. 시은은 노크를 했다.

"부르셨어요?"

안에서는 아무 대답이 없었다. 헛소리를 들었나 돌아서려던데 안방에서 다시 부인의 신음소리가 들렸다.

"저예요."

시은은 다시 문을 똑똑 두드렸다. 혹시 부인이 쓰러진 건 아닌가 걱정됐다.

"그럼 들어갈게요."

문을 조심스럽게 열었다. 밖의 거대한 혼란과는 상관없다는 듯 안방은 평온했다. 시은은 왜 부인이 그런 소리를 냈는지 알게 되었다. 부인은 안방 안쪽 장롱에 매달리듯이 서있었다. 장롱 바로 앞에 의자를 놓고 그 위로 올라서서는 까치발을 잔뜩 들어 바둥바둥거리며 겨우 버티고 있었다.

"무슨 일이세요?"

"여기에 넣는데 안 꺼내져서."

"제가 할게요."

시은은 부인의 다리를 붙잡았다. 버둥거리던 다리는 안정됐지만, 부인은 의자에서 내려오지 않았다.

"내가 해야 하는데."

"괜찮아요. 제가 할게요."

"아니, 아니. 그게 아니라……."

부인의 말투에서 지금 하려는 일이 아주 중요하거나 돈과 관계되거나 비밀과 연관됐다는 티가 났다. 대부분 고객은 자신이 소중하게 여기는 것, 비밀을 시은이 알게 될까 겁을 냈다. 시은은 고객이 숨기는 것에는 절대로 관심을 갖지 않고 고객의 것을 탐하지 않았다. 간혹 탐욕에 눈이 멀어 누군가가 사건을 벌였다고는 하나, 시은과는 거리가 멀었다.

언제가 김 소장이 시은을 '욕심 없는 사람'이라고 다른 고객에게 소개했다. 그 욕심은 아마 청소를 잘하고 정리정돈을 잘하기를 바라는 욕심은 아닐 것이다. 바로 고객의 것을, 그것이 무엇이든 탐하지 않는 욕심이 없다는 뜻이리라.

실제로 시은은 누군가의 돈이나 명품 구두와 가방, 혹은 보석이나 비싼 가전제품을 탐내지 않았다. 매달 벌어들이는 돈으로 자신이 혼자 생활하기에는 충분했다. 일을 하지 않을 때는 조용히 집에서 쉬고 가끔 김 소장과 대화를 나누면 충분했다. 그것만으로도 시은은 충분히 만족하고 감사했다.

그러니 고객이 절대로 보여주려고, 아니 알려주려고 하지 않는 것이 무엇이든 시은은 관심이 없었다. 단지 고객이 높은 곳에 있는 물건을 꺼내려다 다치지 않을까 하는 노파심 때문에 돕는 것뿐이다.

부인은 의자에서 내려왔다.

"제가 할게요."

시은은 의자에 올라섰다. 다른 곳은 천장까지 장롱이 꽉 들어찼지만, 이곳만 장롱에서 천장까지 오십 센티미터 가량 틈이 있었다. 그 틈이 꽤 어두워 부인이 찾는 무언가는 시은의 눈에 보이지 않았다. 시은은 잘 보이지 않는 안쪽으로 팔을 쭉 뻗었다.

"거기에 작은 상자가 있을 거예요. 조심조심 꺼내주세요."

"네."

팔의 감각만을 이용해 주변을 훑었다. 잠시 후에 무언가가 시은의 팔에 닿았다. 아무래도 상자 같지는 않지만 그것을 꺼냈다. 오만원 돈뭉치 몇 덩이가 그 틈새에서 나왔다. 지폐는 보통 백장씩 묶으니까, 이 한 덩이는 오백만원이다. 한눈에 봐도 몇 천 만원이나 되는 현금이 등장했다. 시은은 조심스럽게 돈뭉치를 부인에게 건넸다. 부인은 돈을 봐도 시큰둥했다.

시은은 다시 그곳을 쓸었고, 다시 몇 개의 돈뭉치와 부인이 말한 작은 상자를 찾아냈다. 돈뭉치를 부인에게 건네고, 상자를 조심스럽게 꺼냈다. 이번에도 부인은 시은이 건넨 돈뭉치는 본척만척이었다.

"돈 말고 상자는 없어요?"

부인의 목소리가 앙칼졌다.

"찾았어요. 지금 꺼내 드릴게요."

"그럼 조심조심."

시은은 조심스럽게 상자를 끄집어냈다. 부인이 애타게 원한 건 작은 나무상자였다. 가로세로 이십 센티미터에 높이는 십 센티미터 정도였다. 상자는 MDF로 만들어 싸구려 티가 풀풀 풍겼다. 골동품이거나 누군가가 선물한 의미 있는 물건이라기에는 너무 조잡했다. 시은이 상자를 들고 조심스럽게 몸을 돌리자 부인의 표정이 확 변했다.

"상자군요. 저를 주세요."

시은은 몸을 굽혀 부인에게 상자를 건네주고 의자에서 내려왔다. 바닥에는 오백만원 돈뭉치가 굴러다녔다. 부인에게는 지금 저 상자밖에는 보이지 않는 것 같았다. 시은은 싸구려가 분명한 저 상자가 돈뭉치보다 더 소중한 물건인가 궁금했다. 바닥에 떨어진 돈뭉치를 주워 하나도 남김없이 테이블 위에 올려놓았다.

"돈은 이곳에 올려놓았어요."

부인은 상자를 열려다 시은의 말에 깜짝 놀라서는 상자를 급히 닫았다. 그제야 시은이 이곳에 있다는 사실을 깨달은 눈치였다.

"그럼 나가도 돼요."

"네."

부인이 원하는 상자를 찾았으니 안방문제는 해결됐다. 시은은 의자를 다시 제자리에 돌려놓았다.

"평생 건강하게 젊은 모습으로 살 수 있으면 어떨까요?"

"네?"

시은은 뜬금없는 고객의 질문에 당황했다. 난리법석인 집 안에서 영생을 꿈꾸는 부인에게 시은이 할 말은 없었다. 그제 야 시은에게 한 질문이 아니라 혼잣말인지도 모른다는 생각 이 들었다.

"평생 젊고 건강하게 잘 살면 어떨까 궁금해요. 지금 이 근 심걱정도 다 사라지겠죠."

순간 시은은 부인의 옆모습이 꽤 어려보인다고 생각했다. 부인의 질문을 듣고 처음에는 상자에 젊음의 비밀이 들어있 는 건가 생각했다. 하지만 그러기에는 노화를 거스를 수 없다 는 세상의 당연한 상식과 맞지 않았고, 부인은 노년의 세월을 그대로 얼굴에 담고 있었다.

상자 안에는 부인이 어루만지며 위안을 받는 과거의 아름 다운 추억이 들었을 게 분명하다. 지금 난동을 부리는 아들이 어린 시절 쓴 편지거나 과거의 연인에게 받은 러브레터가 주 인공일 수도 있다. 정체가 무엇이든 현재 부인이 삶을 이어가 는 유일한 희망일 것이다.

안방 문을 닫고 나오자 다시 혼란과 혼동의 세계가 펼쳐졌다. 이제 시은은 다용도실 청소보다는 물건정리가 우선일 것 같다고 여겼다. 시은은 거실과 부엌의 물건을 정리하고 욕실을 청소했다.

퇴근시간이 다 되었다. 시은이 처음 집에 왔을 때보다 정리됐지만, 여전히 엉망이었다. 아마 며칠은 더 정리정돈에 매진해야 그나마 봐줄만한 상태로 돌아갈 것이다.

"저 갈게요."

시은은 굳게 닫힌 안방 문을 노크했다. 안에서 부인의 목소리가 들려왔지만, 그게 알았다는 건지 아니면 혼잣말인지는 알 수 없었다.

시은은 집을 나섰다. 현관문을 나서자마자 피곤이 밀려왔다. 힘든 일이 계속 이어진데다 점심을 걸렀다는 사실이 새삼 떠올라 허기가 닥쳤다. 맛있는 저녁을 먹고 집에서 푹 쉬어야 내일 제대로 다시 힘내서 일할 수 있다.

매일 중노동이 이어졌다. 청소와 정리정돈은 쉽사리 끝나지 않았다. 일주일 정도 지나자 집은 얼추 제 모습을 되찾았지만, 곳곳에 그날의 상흔이 남아있었다. 부인은 텔레비전을 바꿀 생각은 없는지, 화면엔 세로 줄이 여전했다. 식탁 의자는 망가졌고, 소파의 뒷부분 상처는 점점 벌어져 내부가 들여다보였다. 그릇은 깨진 것이 더 많았고 숟가락이나 젓가락 상당수가 사라졌다.

간혹 벽이나 의자다리에 얼룩이 묻은 것을 발견하고 잽싸게 지웠다. 다용도실은 거의 회복 불가였다. 얼룩은 아무리 닦아도 사라지지 않았다. 손을 닦을 때마다 쓰는 비누는 어딘가에 던져졌던 그 상태 그대로 모양이 일그러졌다. 수건은 찢겼고 아무리 삶아도 얼룩이 남았다.

다행스럽게도 시간이 흐르며 집이 조금씩 정리되면서 평화는 다시 찾아왔다.

빌라에는 각 층마다 복도 끝에 쓰레기를 버리는 공간이 마련돼 있다. 겨우 두 가구가 쓰는 곳이니 공간은 그리 크지 않았다. 쓰레기가 어마어마하게 나온 탓에 한 번에 모두 처리하지 못하고 틈날 때마다 가져다 버렸다. 쓰레기봉투를 버리러 나온 틈에 누군가 시은을 불렀다.

"이백이호 사시는 분?"

"네? 무슨 일이신지요."

누군가 시은을 알은 척했다. 눈을 동그랗게 뜬 중년 여성이었다.

"저는 이백일호거든요. 이백이호에 나이든 할머니 한 분 사시죠?"

옆집에 사는 이였다. 그녀는 대답을 기다리지도 않았다는 듯 말을 이었다.

"이백이호 가정부시죠? 며칠 전에 할머니 아들 왔다가 밤새 물건 깨부수고 소리 지르고 난리쳐서 경찰 불러야 하나 엄청 고민했어요. 관리사무소에 전화했더니 가끔 그런 일 있다고 그냥 모른 척 해달라고 부탁하더라고요."

"네."

"아들이 도박이래요. 도박에 빠져서 재산 다 말아먹고 남은 게 이 집이랑 현금 조금밖에 없대요. 예전에는 사이버도박 사이트 만들어 돈 좀 만진다고 으스댔다더니, 요즘에는 허구한 날 찾아와서 돈 내놓으라고 협박한대요. 한동안 잠잠하더니 다시 시작이라고 관리사무소 사람도 걱정하더라고요. 그건 봤죠? 집 완전히 망가진 거. 옆에서 소리만 들었는데도 와장창, 쿵쾅 어찌나 요란하던지 엄청 놀랐다니까. 다음날 우황

청심환을 두 개나 먹었어요."

시은이 그걸 못 봤을 리가 없다. 며칠째 그 흔적을 치우는 중이고, 지금 이 쓰레기봉투 안에도 그날의 흔적이 역력히 담겨 있었다.

"할머니도 불쌍해라. 남은 재산도 얼마 없다는데 매번 아들이 찾아와 돈 뺏어가네요. 분명 얼마 있다 또 올 거고, 그러다 보면 가진 재산 다 잃겠죠. 엄마 돈이나 뺏는 주제에 난리는 얼마나 치는지. 난리굿도 하루 이틀이지 난동부리면 우리도 불안해요. 관리사무소에서 나와도 할 수 있는 게 없다고 변명이나 늘어놓고."

"네. 죄송합니다."

"그쪽 잘못은 아니잖아요. 몇 십 년은 된 도박중독이 쉽게 고쳐지는 것도 아니고. 이런 일이 또 생길 것 같아서 걱정이에요. 우리 집에는 다 큰 딸이 둘이나 있거든. 대학교 다니는데, 이런저런 할 일이 많은지 밤늦게 들어올 때가 많아요. 솔직히 아들이라는 사람이 자기 엄마한테도 저렇게 무섭게 대하는데, 아무 상관없는 우리 같은 사람은 얼마나 무섭겠어요."

"네."

시은은 천천히 뒷걸음질쳤다. 지금 옆집의 사정을 모르는 바는 아니었다. 참상의 결과물은 직접 목격했으니, 그날 어떤 일이 벌어졌는지는 충분히 상상할 수 있었다. 사실 시은도 부인이 경찰신고를 말려 참았지만 몇 백번이고 신고를 하고 싶어 몸이 근질거렸다.

"사모님한테 얘기 좀 해보세요. 무슨 대책이 있어야죠. 그쪽이든 여기든 이렇게는 못 살아요."

중년 여성은 한숨을 내쉬고는 계단으로 내려갔다.

집안일을 하면서도 시은은 옆집, 그러니까 이백일호에 산다는 그 부인의 말이 계속 떠올랐다.

도박중독에 빠진 아들이 다시 다녀갔다. 이번에는 다른 장소의 피해는 그리 크지 않았다. 대신 안방이 타격을 입었다. 시은이 테이블에 올려두었던 오백만원 뭉치도 모두 사라졌다.

"그 녀석이 돈을 보고는 헤까닥하더니 홀랑 가져가서 그나마 이정도지."

부인은 의외로 담담했다. 시은은 가구가 나뒹구는 안방을 치웠다,

"그냥 돈 가져갈 거면 조용히 가져가지 난동은 왜 부리는지."

부인은 혼잣말인 듯 말을 이었다. 부인은 직접 시은에게 자신의 아들이 일을 벌인다고 말하지 않았다. 옆집 사람이 이야기해줬다는 사실도 알지 못하리라. 부인은 낙담했고, 자꾸 이런 일이 벌어지는 이유를 설명할 필요를 느꼈을 것이다. 시은은 물론 이유 따위는 궁금하지 않았지만, 모른 척할 수는 없었다. 이러다가는 고객의 안전에도 큰 문제가 생길 것이다.

"사모님 저희 업체에 보안, 경호 서비스도 있어요. 한번 이용해 보세요."

"괜히 긁어 부스럼 만드는 건 아닌지……."

시은은 고객보호가 최우선인 회사의 목표를 설명했다. 회사에서는 주변 사람이 눈치채지 못하게 문제가 생기지 않도록 조치를 취할 것이다. 물론 옆집 부인은 무언가를 알아채고 무슨 일인가 싶어 눈을 동그랗게 뜨고 궁금해하겠지만 말이다.

시은이 퇴근하는 저녁시간부터 아침까지 근거리 경호를 신청하면 아들이 난동을 피우는 일을 막을 수 있다. 어쩌면 아들이라는 사람이 이곳에 접근하기 전에 이미 차단할 것이다.

"한번 생각해볼게요."

당장 경호서비스를 받아야 했지만 부인은 거절했다. 자녀와 관련 있는 일이라 주저하는 탓이었다.

불안한 나날이었다. 평일 오전오후를 제외한 시간은 부인이 혼자 보낸다. 그때는 정식 근무시간은 아니니 신경 쓰지 않아도 되지만, 자꾸 걱정이 되었다. 관리사무실이 있다지만 소용없었고, 옆집이래야 무슨 일이 있는지 귀만 쫑긋 새운 채 호기심만 채울게 명확했다.

그 후 낯선 사람의 방문이 잦아졌다. 시은은 부인이 혼자 나름대로 대책을 강구하는 모양이라고 지레짐작했다. 시은은 조용히 차를 내놓았다.

가장 자주 얼굴을 보이는 이는 시커먼 얼굴을 한 중년 남성이었다. 그가 나타나면 부인의 표정은 밝아지고 편해졌다. 한참 대화를 나누며 서로 상의했는데, 그때마다 부인은 일희일비했다. 이날도 그 남자가 나타나 부인과 심각한 듯 혹은 심각하지 않은 듯 대화를 나누었다.

"도대체 언제 되는 거야?"

"지금 준비 중이랍니다."

"준비만 몇 년째야? 내가 매일 얘기하잖아요. 필요한 돈은 다 주겠다고. 그런데 아직 아무 성과가 없으니."

"말씀드렸다시피 몇 년은 걸릴 일이지 않습니까? 너무 조급해하지 마세요."

이때 남자가 시은의 눈치를 살폈다. 사람의 감정을 느끼고 이해하는 능력이 부족한데도, 시은은 남자가 자신의 존재를 의식하자 신경이 쓰였다. 시은은 주방에서 설거지한 식기의 물기를 닦는 중이었다. 이들의 대화는 시은의 귓가에 들려오는 배경음일 뿐, 무슨 말을 하는지는 전혀 관심 없었다.

"저 사람은 신경 쓰지 않아도 돼요. 다른 건 몰라도 입은 무거우니까. 아니 입이 무거운 걸 떠나서 지금 얘기는 관심도 안 가져요."

"아무렴요. 지금 다들 최적지를 찾으려고 노력하고 있습니다. 외지면서도 환경이 적당해야 하거든요. 그걸 찾는 데 시간이 많이 걸린다네요."

"그게 그렇게 오래 걸리나요?"

"지금까지 몇 번이나 실패했더니, 다들 꽤 예민해졌어요.

아무래도 생명을 다루는 일이니까요."

"생명은 생명이지요."

"다들 이번에는 꼭 성공한다 다짐하면서 전국 방방곡곡 다니면서 장소 찾느라 분주하답니다. 사모님한테 성공했다 좋은 소식 전해드리면 저도 마음이 편하련만 죄송하게 됐습니다."

"답답해서 그래요. 내가 나이가 있는데 언제까지 기다려야 하나 싶어서. 그럴 때마다 이게 사기인가 걱정도 되고."

"사모님, 사기는 무슨. 늦어진다, 죄송하다 변명하면서 돈이나 계속 받아 가면 제가 나쁜 놈이죠. 아시겠지만 그런 건 아니잖아요. 다 같은 처지에 잘해보자고 하는 일인데, 자꾸 닦달하시면 저도 힘듭니다."

"김 사장. 왜 이러세요. 저도 잘 알죠. 김 사장이 지금 엄청나게 수고하는 걸. 그리고 말 잘하셨네. 김 사장이 돈 노리고 접근하면 내가 가만있을 사람인가요. 무슨 수단을 써서라도 쫓아내지. 지금 내 상황이 상황인지라 마음이 급해서 그래요. 딸은 미국인지 어딘지 가서 인연 끊는다 하고 있고, 아들놈은 도박에 눈이 멀어 돈 달라 하다하다 이제는 온갖 난리를 치고 다니니."

부인의 목소리를 노기를 띠었다가 불안에 잠겼다가 부드러워졌다가 희망에 부풀어 올라 도통 갈피를 잡지 못했다.

　"저만 하겠습니까? 이번에 제 딸이 또 응급실에 실려갔어요."

　"뭐요? 또요? 말씀을 하시지. 치료는 했나요?"

　"아시잖아요. 응급실에 가봤자 치료는 힘들다는 걸. 병원에서도 자기들이 고치지 못한다는 데 저희가 뭘 어쩌겠어요. 증상이 줄어들기만을 바랄뿐이죠. 딸이 당장 어찌될지 모르니 사정은 제가 더 급합니다. 서울이라 주변이 시끄럽고 사람 많으면 어떻습니까. 지금 당장 우리 집, 아니 사모님 댁에서라도 바로 부화시키고 싶어요."

　이때 시은은 그 남자가 다시 시은의 눈치를 살피는 것을 보았다. 중요한 이야기를 앞두고 혹시나 하는 마음이 전해졌다.

　"그럼 그래요. 나는 아무 상관없으니까."

　"급할수록 이성적이어야죠. 이게 단순한 알이 아니고, 평범한 부화가 아니잖아요. 분명 다른 사람이나 정부쪽에서 알면 큰일 납니다. 우리가 왜 산속 외진 곳을 찾아다니겠어요."

　남자의 목소리가 더 작아졌다.

"도대체 언제까지 기다려야 하는지……."

"열심히 알아보고 있으니까 조만간 좋은 소식 있을 겁니다. 이번에 적당한 곳을 찾았다는 팀이 있는데, 지금 한참 시험 중이니까 그쪽을 믿어보죠. 그곳이 최적의 장소이길 기도할 수밖에요."

"그래요. 좀 마음이 편해지네."

"알에서 외계인이 부화하면 우리는 그 진액으로 애들 병도 고치고 노화를 없애게 될 겁니다."

"그날이 빨리 오기를 기다릴 뿐이에요."

"열심히 하겠습니다."

"김 사장만 믿어요. 이건 약소하지만 가져가요."

"자꾸 이러시면 제가 정말 사기꾼 같잖아요. 제가 처음에 여러 번 말씀드렸잖아요. 우리는 절대 사기꾼이 아니고, 원대한 목표를 위해 모인 집단이라고요. 분명 돈이 많이 필요할 시기가 있을 테니 돈은 그때 주세요."

"이건 딸이 아프다니 맛있는 것 사드시라고 주는 거예요. 받아요. 어차피 나는 김 사장이 그쪽에 끼워줘서 희망을 갖게 된 거나 마찬가지잖아요. 빨리 자식 놈들 다 버리고 혼자 젊은 모습으로 땅땅거리며 살고 싶어요."

"네네. 그러셔야죠. 주신 돈은 알아서 잘 쓰겠습니다. 틈틈이 진행상황 알려드리겠습니다. 저도 그렇고, 다른 사람도 그렇고 사정이 급해서 일이 빨리 진행되기를 다들 바라고 있습니다. 그날이 되어, 그들이 나오면 우리는 그 혜택을 가장 먼저, 가장 빨리, 가장 완벽하게 보면 되는 겁니다."

"김 사장만 믿어요."

"네."

둘의 대화는 이해 못 할 의미로 가득했다. 하지만 부인은 김 사장이라는 사람이 떠난 후, 혼자 콧노래를 부르며 즐거워했다.

다음날 부인은 쇼핑을 다녀온다더니 한참 후에 화장품과 옷을 잔뜩 사왔다.

"분홍색 립스틱이라니. 이게 가당치나 한가. 내가 어쩌자고 이런 걸 샀는지."

부인이 투덜거리는 소리가 시은의 귀에까지 다 들렸다.

"뭐 어쩌겠어. 조만간 쓸 날이 올지도 모르는데. 아니, 올건데."

부인은 기분이 좋은지 혼자 쇼핑한 물건을 보고 만지며 한동안 즐거운 시간을 보냈다. 흡사 모노드라마를 진행하는 연기자를 보는 것 같았다.

평화롭고 행복한 날은 짧았다. 다시 아들이 모습을 보였다.

시은이 출근해 처참한 광경을 마주하자 으레 부인의 아들이 다녀갔겠거니 여겼다. 이번에는 사방에 똥냄새가 진동했다. 어디 똥이라도 던져놓았나 찾아다녔더니 거실 곳곳에 은행나무 열매가 짓이겨 있었다. 아들의 불쾌한 공격 방법이었다. 더러운 단풍잎도 사방에 널려있었다. 가을의 정취가 쓰레기로 변한 모습을 보니 씁쓸했다.

"전에 말한 서비스가 어떤 건지 알아보고 싶네요."

부인이 시은에게 부탁했다. 시은은 김 소장에게 전화를 걸어 부인에게 필요한 보안, 경호서비스 관련자를 요청했다. 김 소장은 자세한 정보는 묻지도 않고 바로 응답했다.

그날 오후 거실을 치우고 있는데 초인종 소리가 들렸다. 유어서비스 배지를 단 직원 셋이 나타났고, 시은은 그들을 거실로 안내했다. 자세한 사정을 밝히지 않으려는 부인과 자신이 어떤 일을, 왜 해야 하는지 알고 싶어 하는 직원 사이에서 시은은 간략하게 설명했다.

"이웃 보기에 민망하니까……."

부인은 말을 아꼈다. 보안팀은 사연을 들은 후, 집안을 둘러보고 누군가가 침입하게 될 문과 창문을 확인했다. 무엇보다 아들의 침입을 막는 것이 중요했다. 그들은 현관문의 보안을 위해 도어락을 다른 제품으로 변경하라고 말했다.

"다른 데는 아무 상관없어요. 안방이 가장 중요해요."

그들은 안방을 둘러보고 문을 튼튼하게 만들 방도를 고심했다. 안방에도 또 다른 자물쇠를 다는 것이 어떤가 논의했다.

시은은 빌라 주변을 안내했다. 그들은 엘리베이터와 복도, 출입구, 차고와 계단, 정원, 대문, 관리사무소 등을 꼼꼼하게 둘러보고 체크했다.

보안팀은 내일 다시 방문하겠다며 돌아갔다. 내일 조치를 취한다니 시은은 당장 오늘 밤 부인의 안전이 우려됐지만, 그나마 아들은 한번 나타나면 며칠 동안 코빼기도 안 보였다.

다음날 보안팀은 현관문의 도어락을 지문을 등록해 사용

하는 방식으로 교체했다. 부인과 시은의 지문을 등록했더니 바로 문이 열렸다. 현관문과 안방에 걸쇠도 달았다. 부인은 몇 번이나 걸쇠의 사용법을 외우고 또 익혔다.

이층이라 베란다 창문으로도 침입이 가능해 그곳에도 잠금장치와 적외선감지기를 설치했다. 거실에 설치된 보안 시스템은 저녁이 되어 시은이 퇴근하면 가동되는데, 안방에서 쉽게 켜고 끌 수 있었다. 이 공사를 하는 것만으로도 하루 종일 걸렸다.

부인이 한사코 다른 보안경호 서비스는 거절했다. 보안시스템이 작동해 경고음이 울려도 누구도 출동하지 않게 조치했기에 보안팀은 제대로 효과를 보기 힘들거라며 아쉬워했다. 경고음만 듣고 아들이 도망치면 좋으련만 그럴지는 미지수였다.

행복한 아니 평온한 나날이 이어졌다. 보안팀의 조처가 효과가 있는 건지, 아니면 아들이 나타날 타이밍이 아니었던 건지는 모르겠지만 부인의 집은 항상 깨끗하게 유지되었다.

일이 쉽게 해결되었다고 안심한 나날은 짧았다. 도박중독에 빠진 사람이 쉽게 물러날 리는 없었다.

시은이 청소하고 정리하고 요리하는 평소와 다를 바 없는 일정을 보내던 날이었다. 초인종이 울렸다. 도박중독에 빠진 아들은 밤낮이 바뀐 생활을 했다. 밤에 불법도박장에 들렀고, 낮에는 잠을 잤다. 당연히 낮에 집을 찾지는 않으리라 생각했다. 그럼에도 초인종이 울리자 가슴이 쿵하고 내려앉고 불안했다.

"누구세요."

목소리에는 불안이 고스란히 드러났다.

"이백일호에요."

인터폰 화면에는 시은이 예전에 대화를 나누었던 옆집 부인이 등장했다.

"무슨 일이신가요?"

"문 좀 열어주세요."

초인종 소리에 놀라 거실로 뛰어나왔던 부인이 문을 열라고 고개를 끄덕였다. 현관문을 열고 몸을 반쯤 내밀었더니, 옆집 부인이 양손에 작은 상자를 들고 있었다.

"이것 좀 어떻게 해야 할 것 같은데……."

이백일호 부인의 팔과 발아래에 작은 상자가 놓여있었다. 크기가 작은 하얀 상자였다. 상자는 하얀 종이를 대충 발라 만들었는지 곳곳이 찢기고 운 곳이 눈에 띄었다. 그런 상자 여러 개가 현관문 앞에 여기저기 놓여있었다.

"이게 여기 있더라고요. 아까 마트가려고 나오다가 봤는데 아직까지 있어서."

하얀 상자에는 이백이호라거나 성자옥 씨라는 이름이 적혀있었다. 구체적인 주소는 적혀 있지 않은 것으로 보아, 누군가가 이곳에 직접 갖다 두고 간 것이 분명했다. 시은은 그 누군가가 아마 부인의 아들일 거라고 예상했다

시은은 이것을 어찌 처리하나 고민했다. 복도 끝에 있는 쓰레기수거함에 버리고 싶었지만, 결정할 사람은 부인이었다. 부인에게 물어보니 상자를 안으로 들이라고 했다. 시은은 현관문 앞으로 나가 상자를 모았다. 대부분 빈 상자인지 가벼웠다. 간혹 작은 물건이 들었는지 덜그럭거리는 것도 있었지만, 그조차 상당히 가벼웠다. 시은이 상자를 모으는 동안 옆집 여자는 자신의 집 앞에서 시은을 관찰하다 안으로 들어갔다.

상자는 현관문 앞뿐만 아니라 복도 곳곳에 있었다. 시은은

현관문을 닫고 긴 복도에 아무렇게나 놓여있는 상자를 모두 모았다. 몇 개는 누군가 발로 짓이겼는지 구겨져있었다. 그 상자를 보자 위기감지 신호가 느껴졌다. 불안했다.

시은은 상자를 모두 현관문 앞에 놓고 도어락에 지문을 인식했다. 현관문을 여는 순간, 강렬한 경고음이 귀를 강타했다. 시은은 한동안 혼란스러웠다.

"사모님. 괜찮으세요?"

가장 중요한 것은 부인의 안전이었다. 거실에 들어서니 얼마 전 보안팀이 창문에 설치해 둔 잠금장치에서 요란한 소리가 나고 있었다. 커다란 거실 창문이 산산조각 났고, 거실 바닥에 더러운 발자국이 남았다. 시은은 발자국을 따라 안방으로 향했다.

안방문은 굳게 닫혀있었다. 그 안에서 우당탕거리는 소리와 부인과 아들의 다툼 소리가 들렸다. 시은은 문을 두드렸다. 하지만 보안을 강화한 안방문은 쉽게 열리지 않았다.

"지금 가진 건 이게 전부야. 이걸 가져가."

"나는 단순히 돈만 원하는 게 아니야. 보디가드까지 고용할 정도로 중요한 그걸 달라고."

"네가 원하는 건 돈이잖아. 내가 뭘 해줘야 하는데."

"나도 들었어. 우리가 어떻게 재산을 형성했는지. 나도 그 재산에 권리가 있어."

"알았으니까 이 돈 가지고 썩 꺼져."

무언가가 두두둑 소리를 내며 떨어졌다. 아마도 돈뭉치가 떨어지는 소리이리라.

"도대체 어디다 숨겼어? 금고에 들었어? 금고를 새로 마련하신 것을 보니 금고가 맞겠네."

아들이 금고를 내려치는지 쩡쩡하는 금속성 소리가 바깥으로 퍼졌다.

"저 밖에 있는 가정부는 알려나? 아니면 가정부한테도 절대 비밀로 하고 혼자만 알고 계신거야? 도대체 어디에 있어?"

"여기에 없으니까 괜히 힘쓰지 마."

"무슨 소리야. 내가 다 알고 왔어."

둘의 고함 사이로 와지끈하는 소리가 들렸다. 안방에 있는 가구가 망가지는 소리였다. 안방문 앞에서 다급하게 문만 두드리다 시은은 보안팀에게 연락을 했다. 보안팀이 얼마나 빨리 올 수 있을지 걱정됐지만, 지금 당장은 그들의 도움이 절실했다. 그들에게 받아두었던 연락처로 소식을 알리자 당장 이곳으로 오겠다고 말했다.

그 사이 시은은 다시 안방문을 두드렸다. 그때 문이 벌컥 열렸다. 부인이 문을 열었다고 생각했는데, 방문 앞에 선 이는 아들이었다. 키가 이 미터는 될 정도로 크고 덩치가 있었다.

"가정부셨군요? 이분이 알고 있겠네. 어디 있어요?"

시은은 아들의 질문을 듣는 둥 마는 둥했다. 부인이 어떤 상태인지 궁금했다. 안방은 이전과는 비교할 수도 없을 만큼 제대로 망가졌다. 테이블이며 가구가 제멋대로 나뒹굴었다. 심지어 침대 매트리스마저 바닥에 내팽개쳐졌다. 금고문은 활짝 열린 채 두꺼운 몸체 일부가 구겨졌다.

"그게 어디 있어?"

도대체 아들이 무슨 말을 하는 건지 시은은 알 수 없었다. 부인이 보이지 않았다.

"사모님은 괜찮으세요?"

"괜찮고말고. 지금 나한테 도망치려고 저렇게 용을 쓰고 있잖아."

그때 안방 안쪽에서 무언가가 날아왔다. 그것은 바닥에 떨어지며 둔탁한 소리를 냈다. 오백만원 묶음 덩어리 일부는 바닥에, 일부는 아들과 그 주변 물건에 맞아 바닥에 떨어졌다.

"돈은 필요 없어. 내가 언제 돈 달래? 그냥 그거 내놔. 어차피 조금 있으면 나한테 상속될 게 뻔한데, 조금 일찍 준다고 큰일 나는 것도 아니잖아."

아들은 바닥에 떨어진 오백만원 현금 뭉치를 발로 휙 찼다.

"없다니까. 이 돈 갖고 썩 꺼져버려."

안에서 부인이 소리를 질렀지만, 아들은 끄떡도 하지 않았다. 시은이 부인에게 신경을 쓰는 사이, 아들이 시은의 멱살을 잡았다. 덩치가 큰 사람에게 멱살을 잡으니 꼼짝할 수 없었다.

"이놈아, 집 때려 부수는 걸로도 모자라 이제 사람을 때릴 셈이냐?"

안에서 부인이 달려왔다. 아들은 한손으로 시은의 멱살을 잡고는 몸을 돌렸다. 시은의 몸도 딸려갔다.

"돈 말고 그걸 내놓으라고요. 엄마."

"없어. 이제 이 돈 남은 게 전부야."

"그 말을 누가 믿어. 이 돈이 어디서 나왔게. 내가 그것도 모를까봐."

"없다니까. 그거 네 누나 줬다."

"그게 무슨 말이야?"

갑자기 아들이 멱살을 잡고 있던 손을 놨다. 시은이 의식
도 못하는 사이, 몸이 떠 있었는지 두발이 바닥에 쿵하고 닿
았다.

"그걸 왜 남을 줘. 내 꺼 아냐?"

"누나가 남이냐? 그게 왜 네 꺼야? 엄마 꺼, 엄마 마음대로
준 건데."

"그게 말이 돼? 우리 보기 싫다고 누나가 집 나간 게 언제
인데. 누나는 우리 집 사람 아니라고 엄마가 그래놓고. 그럼
그건 내 것 아니야? 나도 가질 권리가 있어."

"그동안 네가 가져간 돈만 해도 이미 다 넘었어."

"에이씨."

아들의 입에서 온갖 욕이란 욕이 다 나왔다.

"누나 언제 줬어?"

어느새 아들은 부인에게 달려들었다.

"얼마 전에 누나 왔다 갔어. 시간 흐르니까 생각났다더라.

둘 다 과거 잊고 새로 시작하기로 했다. 그래서 누나한테 그거 주고 잘 관리하라고 했어. 네가 요즘에 다시 난리라고 했더니 걱정이라더라. 누나 줘 버렸더니 내 속이 다 시원하네."

"누나는 그게 뭔지 알아?"

"아는지 모르는지 내가 알게 뭐야. 다 줘버린 마당에. 그냥 우리 가족한테 중요한 물건이겠거니 생각하겠지."

"알지도 못하는 누나한테 그게 무슨 의미가 있어? 누나만 자식이야? 왜! 이 집도 누나 주고, 여기 있는 이 돈도 싸그리 다 누나 주지. 나는 어차피 자식도 아니고, 뭣도 아니니까."

"조용히 해."

"지금 조용하게 생겼어?"

시은은 부인과 아들 사이에서 어쩔 줄 몰랐다.

"누나 전화번호 뭐야?"

"왜 누나한테 전화해서 뭐라고 하게? 그냥 이 돈 갖고 가."

"에이, 썅."

아들은 주섬주섬 돈뭉치를 모았다. 몇 개는 묶음 끈이 풀려 지폐가 사방에 흩어져 있었다. 부인이 바닥에 주저앉아 줍기에 시은도 쪼그리고 앉아 돈을 주웠다. 잠시 후 아들은 소

리도 없이 사라졌다. 그 사이 부인은 바닥에 주저앉아 한숨을
푹 쉬었다.

보안팀은 사건이 모두 끝난 후에 도착했다. 그들이 본 것
은 망연자실한 부인과 엉망이 된 안방이었다. 보안팀과 따로
경호계약을 맺은 것은 아니었지만, 그들은 도착하자마자 죄
송하다며 연신 사죄했다. 부인은 뒤늦게 도착한 보안팀을 그
대로 돌려보냈다.

"혹시 이런 일 다시 발생할 수 있으니까 한번 둘러보고 방
안을 찾아보겠습니다."

보안팀이 부인에게 부탁했지만 부인은 모두 거절했다.

"아니요. 모든 문제가 잘 해결됐어요. 이제 이런 일이 다시
생길 일은 없어요."

부인의 단호한 말에 보안팀은 돌아갔다.

"오늘은 일찍 들어가요."

"네? 아직 퇴근 시간도 아니고, 여기도 치워야 하고."

"나머지 거실이나 방은 깨끗하니까 오늘은 거기서 지내고
내일 완전히 치우지, 뭐."

아프지도 않은데 도중에 퇴근하는 건 낯설었다. 시은은 안

방을 지켜보며 무엇부터 치워야 할지, 쓸 만한 것과 버려야 할 것은 무엇인지 골라냈다. 그때 부인이 쇼핑백을 하나 시은에게 내밀었다.

"이걸 당분간 맡아줘요. 집 상태가 이래서 다른 곳에 보관해야겠어요. 며칠 갖고 있다가 집이 조용해지면 그때 다시 돌려줘요."

"네."

"절대 비밀이에요. 우리 둘만 아는 비밀. 내 아들이나 딸한테도 비밀이고, 회사에도 비밀이에요. 알았죠?"

"네. 알겠습니다."

시은은 부인이 건네준 쇼핑백을 건네받고 집으로 향했다. 쇼핑백이 가벼워 통장이나 수표, 보석이 들어있는 것 같았다. 쇼핑백은 원룸의 작은 옷장 안에 넣었다. 소중한 물건이니 잃어버리면 안 되는데 출근해 있는 동안 도둑이 들면 어떡하나 불안했다. 시은은 마음이 조마조마해 귀중품 보관 서비스를 알아봐야겠다고 생각했다.

한밤중 시끄러운 소리에 잠이 깼다. 여기가 어디인지, 지금 몇 시인지, 이 소리는 무엇인지 알아채는 데는 시간이 걸렸다. 그 소리는 한밤중에는 여간해서 울리지 않는 시은의 휴대폰 벨소리였다. 겨우 정신을 차리고 전화를 받으니 전화한 사람은 부인 집에서 만났던 보안팀 팀장이었다.

"성자옥 여사님 댁에 문제가 생겼어요."

"무슨 문제요?"

"글쎄, 아드님이 집에 불을 질렀다지 뭐예요."

"네?"

"저번에 관리사무소 갔을 때 연락처 남겼더니 저한테 연락을 하셨더라고요. 집에 불이 났고 여사님이 연기를 들이마셔 병원에 계시데요."

"상태는 어떠신가요?"

"아주 안 좋은 건 아니지만 아무래도 연세가 있으니까 주의 깊게 지켜보나 봅니다. 지금 아들은 경찰서에 인계됐고, 관리사무소에서 따님한테 연락을 하겠답니다."

시은은 묵묵히 전화를 받았다. 이 모두가 현실이 아닌 것처럼 느껴졌다.

"얘기 들어보니 따님분이 외국에 계시다고 하시니 그분 오신 후에나 일이 진행될 것 같아요."

"그렇군요."

"빌라는 소방서나 경찰서에서 확인해야 하니까 당분간은 가실 필요는 없어요. 아마 나중에 연락 오면 청소하러 가셔야 할 거예요."

"네."

"아, 맞다. 경찰서에서 연락처 달라기에 전해드렸어요. 혹시 연락 오면 여사님 댁에서 있었던 일 말씀드리면 될 거에요."

"알겠습니다."

시은은 병원에 누워있을 부인을 떠올렸다. 상태가 괜찮다고는 하나, 직접 확인하지 못했기에 걱정이 컸다. 이미 새벽 세시가 넘어가버린 시간을 확인하고 침대에 누웠다. 오늘은 부인의 집에 가지 않아도 되니 딱히 할 일은 없었다. 부인이 어느 병원에 입원했는지 알 수 없어 병문안이나 간병을 하러 가지도 못한다. 미국에 산다는 부인의 딸이 도착해 집 청소를 의뢰하고 부인의 간병을 요청할 때에나 다시 일하게 될 것이다. 당분간은 불안한 나날 속에 정해지지 않은 짧은 휴가를 보내야 했다.

그러다 어둠속에서 벌떡 일어났다. 부인이 준 쇼핑백이 떠올랐다. 자녀에게도 비밀이라던 쇼핑백이 시은의 집에 있다. 그날 새벽 내내 잠을 설쳤다. 설핏 잠이 들었다가 잠이 깨기를 반복했다.

시은은 아침에 김 소장에게 보안팀장과 나눈 이야기를 전했다. 김 소장 역시 사정은 들어 알고 있었던 모양이었다.

"당분간 휴가네. 그쪽에서 연락 올 때까지 푹 쉬어."

"그래야지. 연락이 언제 올까?"

"글쎄. 사모님 상태가 어떤지 모르니 예상을 못하겠네. 몸이 좋아지면 다시 연락을 하시겠지."

"그렇겠지."

시은은 며칠 동안 예고되지 않은 휴가를 보냈다. 딸이 한국에 들러 집을 둘러보고 부인도 병원에서 퇴원했을 만큼의 시간이 지났다. 하지만 어떤 연락도 없었다. 시은은 기다림에는 익숙하지 않았다. 김 소장에게 연락을 해봐야 하나 고민하는데 마침 전화가 왔다.

"이제 다른 곳으로 출근해야 할 것 같아. 관리사무소에서 보안팀한테 연락을 했더래. 그래서 여차저차 딸이랑 연락이

돼서 이야기를 나눴는데, 우리 업체를 고용할 생각이 없대."

"왜?"

"자세한 사정은 모르지만 아들은 지금 구치소에 있고, 딸은 다시 외국 간다고 집이며 재산이며 다 정리한다더라고. 고객은 요양병원에 입원하셨대."

"뭐라고?"

다른 때 같았으면 어쩔 수 없이 다른 집으로 옮겨야 할 시점이라고 스스로 납득했을 것이다.

문제는 부인이 시은에게 맡긴 짐이었다. 절대 비밀이라며 신신당부했던 쇼핑백이 여전히 시은의 옷장 속에 얌전히 들어 있었다. 딸은 외국으로 떠나고 부인은 요양병원에 입원했다고 평생 그걸 갖고 있을 수는 없었다. 직업윤리에 어긋난다.

"미안한데 딸 연락처를 알 수 있을까?"

"나도 몰라. 보안팀도 관리사무소랑 연결돼서 이야기한 거고, 설령 있더라도 개인정보잖아."

"그럼 보안팀이랑 통화해야 하나? 아니면 관리사무소에 찾아가야 할까?"

"왜? 무슨 문제 있어?"

"사모님이 나한테 물건을 맡겼는데, 그걸 돌려줘야 해."

"뭔데?"

"나도 뭔지는 몰라. 쇼핑백에 담아 주셔서 그 채로 갖고 있었어. 계속 가족한테도 비밀이라고 하셔서."

"중요한 거야? 아님 비싼 거려나?"

지나치게 가벼워 통장이나 수표가 들은 게 아닌가 짐작했다. 하지만 정확한 물건의 정체는 시은도 몰랐다.

"나도 몰라."

"그럼 어떡하지?"

"사모님이 어느 요양병원에 계신지 알아보고 그쪽으로 연락을 해볼까?"

"내가 알아보고 연락을 줄게."

무슨 일이든 끝까지 책임을 지려는 김 소장이 정말 믿음직스러웠다. 그러나 다시 김 소장의 연락을 기다리는 건 힘들었다.

"딸한테 연락해 봤는데 안 돼."

"뭐라고?"

"아예 전화를 안 받아. 내가 연락해도 그렇고, 관리사무소

쪽도 그런가봐."

"그럼 어쩌지."

"물건이 뭔지 알아야 해결방안을 알아보지. 보고 알려줘. 중요하거나 비싼 물건이면 그쪽으로 보내야 되겠지."

"그렇겠지?"

"응."

시은은 옷장 문을 열었다. 부인이 건네준 쇼핑백은 시은이 넣어두었을 때와 똑같이 여전히 그곳에 존재했다. 위치가 조금 바뀐 것 같았지만, 그거야 옷장 문을 여닫을 때 움직였거나 바깥의 진동에 이동했을 것이다. 시은은 쇼핑백을 들었다. 그런데 쇼핑백이 제법 무거웠다. 분명 처음 부인에게 쇼핑백을 전달받았을 때는 상당히 가벼웠다. 그래서 안에 무엇이 들었기에 이리 가벼운 건지 궁금해 했던 기억이 생생했다. 시은은 당시 기억이 착각이었는지 의아해하며 박스를 쇼핑백에서 꺼냈다.

쇼핑백에 든 것은 전통주 선물세트 박스였다. 흰 배경에 전통 이미지를 살린 검정과 빨간 수묵화가 그려져있었다. 설마 이곳에 술이 들어있을까 싶어 박스를 열어보니 오백만원 돈뭉치가 그곳에 있었다. 돈뭉치 사이에 언젠가 시은이 보았던 작은 나무 상자가 껴 있었다. 나무상자는 돈뭉치 사이에 있었다. 여전히 보잘것없어 보이는 싸구려였다. 상자를 열었더니 안에는 오백만원 돈뭉치가 빽빽하게 들었다.

많은 돈이기는 하지만, 부인이 이 돈을 몰래 시은에게 건네주었다기에는 이상했다. 부인에게는 더 많은 재산이 있었다. 아들이 와서 한 번에 털어갈 금액을 비밀이라고 조심하며 숨겼어야 했을까. 그러자 혹시 부인에게 남은 돈이 이게 전부였던 것은 아닐까 싶었다. 그래서 돈을 숨기기 위해 시은에게 특별히 부탁했을 수도 있었다.

"쇼핑백에 종이상자를 넣어주셨는데, 거기에 돈이 들어 있었어."

"그래? 돈이라면 돌려드려야지."

김 소장에게 연락을 한 후 시은은 전통주상자에 돈을 넣고 나무박스와 함께 식탁 위에 올려두었다. 오며가며 잘 보이는 곳에 돈을 두는 것이 불안했지만, 당분간 어디로든 출근할 일이 없으니 괜찮았다. 김 소장에게 바로 연락이 왔다.

"연락이 안 돼. 일단 갖고 있어봐."

"내가?"

"회사 내규를 알아봐야겠어. 연락할게."

자기 것이 아닌 물건, 그러니까 고용주의 돈을 갖고 있는 게 얼마나 불안한지 시은은 새삼 깨달았다. 얼마 후에 김 소장은 다시 연락을 해왔다.

"오케이. 해결됐어. 회사가 돈을 보관하고 있다가 돌려줄 수 있대. 언제 시간 되면 사무실로 가져와."

"상자는?"

"상자?"

"돈이 나무상자와 종이상자 안에 들어있었어."

"보석상자야?"

"전통주 선물세트 상자랑 나무상자야."

"그건 버려도 되겠지."

"그런가."

시은은 가능한 빨리 사무실로 가 돈뭉치를 김 소장에게 넘겨주었다. 혹시나 싶어 전통주선물상자와 나무상자를 김 소장에게 보여주었다. 김 소장은 그걸 보고 활짝 웃었다.

"이건 그쪽에서도 우리가 버려주기를 바라겠다. 계속 딸에

게 연락해보는 중이니까 연락되면 돈은 송금해서 보내줄 거
야. 나머지는 알아서 처리해."

시은은 쇼핑백에 나무상자와 종이상자를 넣어 다시 가져
왔다. 차마 버릴 수는 없었다. 집에 돌아온 후, 식탁 위에 종
이상자와 나무상자를 올려놓았다. 제대로 정리되지 않은 식
탁 위 풍경처럼 생경했지만 어쩔 수 없었다.

시간이 흐른 뒤 김 소장은 겨우 연락이 된 딸에게 돈을 보
내주었다고 했다. 혹시나 싶어 상자에 대해서도 물었는데, 당
연히 필요 없다고 대답하더라고 웃으며 전했다. 그럼에도 시
은은 상자를 여전히 버리지 못했다. 오며가며 자꾸 눈길을 끌
어당기는 상자는 다시 시은의 옷장 안으로 들어갔다. 보이지
않는 곳에 둔 상자는 이제 없는 것처럼 존재했다.

어디선가 툭하는 소리가 들렸다. 나중에 다시 그 소리가
들렸을 때, 시은은 귀를 기울였다. 여전히 그 소리가 나는 곳
은 확실치 않았다. 분명 냉장고나 텔레비전 같은 가전제품에
서 나는 소리는 아니었다. 침대 밑을 살펴보고 옷장 문을 열
었다. 그리고 시은은 그 상자를 보았다. 잠시 잊고 있던 종이

상자와 나무상자. 그런데 나무상자의 위치가 조금 바뀌었다. 시은은 나무상자를 들어 위치를 바로잡으려다 변화를 눈치챘다. 분명 무게가 달라졌다. 무거웠다.

상자를 열어보니 그곳에는 오백만원 돈뭉치 여러 개가 들어 있었다. 이해할 수 없었다. 시은은 이 상자 안에 있던 모든 돈을 사무실에 넘겨주었다. 그 돈은 이제 외국에 있는 딸에게 모두 송금했다. 이 상자 그대로 사무실까지 가져가 돈을 모두 꺼낸 뒤 다시 가져왔다. 그런데 왜 돈이 남아있는건지 도무지 알 수 없었다. 시은은 돈뭉치를 옷장 안 깊숙한 곳에 집어넣었다. 죄를 저지른 것 같았다.

옷장 문을 닫고 아무 일 없을 것이라고 속삭였지만 가슴이 계속 두근거렸다. 시은은 나무상자를 식탁 위에 올려두고 틈틈이 그 안을 열어보았지만 아무 변화가 없었다. 그냥 아무리 봐도 싸구려 나무상자일 뿐이었다.

시간이 흘러도 나무상자는 그대로 식탁 위에 변화 없이 놓였다. 시은은 다시 나무상자를 옷장 안에 집어넣었다. 그 안에 숨겨둔 돈을 생각하니 머리가 지끈거렸다. 침대에 누웠다가 시은은 예의 그 툭 소리를 듣고 몸을 벌떡 일으켰다. 그 소리가 어디에서 나는지 알 것도 같았다.

시은은 옷장을 열었다. 나무상자와 종이상자, 그리고 그 안쪽에 숨겨두었던 돈뭉치는 여전히 잘 있었다. 시은이 나무상자를 들어 안을 열어보니 그곳에 오만원 돈뭉치가 들어있었다. 세상에 처음으로 그 존재를 드러낸 돈의 탄생 순간이었다. 제법 튼튼하게 묶인 돈뭉치는 야무지게 나무상자 안에 고요히 자리했다.

골목 너머 가로등 불빛이 고고했다. 그 사이로 나무상자는 여전히 가치 없는 물건처럼 보였다. 하지만 그 안에 놓인 돈뭉치는 많은 것을 의미했다.

시은은 월급으로 부족함 없이 살았다. 원하는 것도, 갖고 싶은 것도, 필요한 것도 극히 적었다. 평일에 일하고 주말에는 쉬는 생활에 퍽 만족했다. 지금 이 나무상자는 시은의 태평한 평화를 깨뜨릴 수도 있는 엄청난 함정이었다.

분에 넘치는 돈을, 아니 돈을 만들어낼 가능성을 갖게 되니 상상도 못한 꿈을 꾸었다. 가장 먼저 한 생각은 '원룸을 옮길까?'였다. 지금 지내는 작은 공간에 만족했지만 조금 넓은 곳으로 옮겨도 괜찮지 않을까 싶었다. 하지만 곧 포기했다. 자신의 돈이 아니었다. 게다가 돈이 많은 상황을 상상해 봤지만, 지금 현재에 지극히 만족한다는 사실을 새삼 깨달았다.

시은은 나무상자가 어두운 곳에서 돈을 만들어낸다는 사실을 알아챘다. 이제는 식탁 위 밝은 곳에 위치한 나무상자는, 그 뚜렷한 싸구려 감성을 시은의 방에 퍼뜨렸다. 하지만 시은은 그 나무상자에 숨은 엄청난 비밀을 알았기에 쉽게 쳐다볼 수 없었다. 나무상자가 남아있는 한, 시은은 영원히 돈에 대해 일반인과 전혀 다른 시각을 갖고, 다른 생각을 할 것이 분명했다.

이제 시은에게 돈을 만들어내는 나무상자가 생겼다. 이것은 어두운 곳에 넣어두면 쉬지 않고 돈뭉치를 만들어낼 것이다. 도저히 어디엔가 쓰이지 않을 돈을.

" 그래도 이건
아니지 않습니까 **"**

시은은 홀로 사는 노부인 전문 가정부다. 그동안 까다로운 고객이나 신경 써야 할 고객을 만났고, 사건도 많이 겪었다. 하지만 시은은 여전히 일이 좋았고, 누구보다 최선을 다하고 최고가 되기 위해 노력했다.

"이번에는 노부부 고객이셔."

"부부 고객은 내 담당이 아니잖아."

"추천을 많이 받았다면서 자기를 굉장히 원하더라고. 조용하고 입이 무거운 사람이 좋대. 할아버님이 곧 요양원에 들어가실 예정이라니까 처음만 신경 쓰면 될 거야."

"아무리 그래도……."

"게다가 그쪽에서 운전해줄 사람이 필요하다는 걸. 요양원 때문에 지방으로 자주 가실 건가봐. 쉬는 동안 운전 배워서 요즘 날아다닌다며."

시은은 진즉에 운전면허를 따놓았다. 단지 대중교통을 이용하거나 걷는 것이 편했고 익숙했다. 노부인을 상대로 일하다 보니 병원을 가거나 쇼핑할 때 운전을 하는 편이 좋을 것 같아 잠시 일을 쉬는 동안 다시 운전연습을 했다. 김 소장처럼 날아다닐 만한 실력은 아니지만, 안전운전만큼은 자신 있었다.

시은은 고급 주택 앞에 서 높은 담장과 대문을 마주했다. 대문 왼쪽에 차고 문이 있었다. 대문을 열고 들어서 그 풍경에 놀랐다. 넓은 잔디밭과 제대로 조성된 나무와 수풀이, 마당 한쪽에는 정자와 바비큐 시설도 있었다. 아마도 을씨년스런 지금이 아니라 몇 달만 일찍 왔으면 신록이 푸르고 각종 꽃이 화사한 정원을 보았을 것이다. 시기가 맞지 않는다는 아쉬움은 뒤로 하고 정원을 한참 걸어 커다란 창이 달린 삼층 주택 앞으로 다가갔다. 현관문 앞에 섰을 때 찬바람이 시은을 한 바퀴 돌아 나갔다.

시은이 처음 노부부를 봤을 때, 이 집을 봤을 때처럼 놀랐다. 분명 김 소장은 남편이 곧 요양원에 들어간다고 전했지만, 노부부는 외모로 보나 인사할 때의 목소리와 행동으로 보나 건강해 보였다. 얼굴에 주름이 있고 흰머리가 났다는 점을 제외하면 그들은 혈기왕성했다.

"안녕하세요? 유어서비스 이시은입니다."

"반가워요. 그동안 정원관리나 대청소할 때 이용했는데, 나이가 드니 벅차더라고요. 잘 부탁드려요."

"아니요. 제가 잘 부탁드립니다."

부인의 목소리는 맑고 창창했다. 전화로 대화를 나눈다면 이렇게 나이든 노부인이라고는 생각하지 못할 게 분명했다. 시은은 혹시 김 소장이 부부의 나이를 잘못 가르쳐 준 것은 아닌지, 아니면 몸이 좋지 않다는 부부가 따로 어디선가 시은을 애타게 기다리는 것은 아닌지 불안했다. 그만큼 이 부부는 다른 이의 도움이 필요 없어 보였다.

"처음이라 신경이 많이 쓰여 여기저기 물어봤더니 추천을 많이 해주셨어요. 입이 무겁다고 워낙 칭찬도 자자하시고."

부인이 시은에게 웃으며 말했다.

"에이. 왜 그래?"

부인의 말을 듣고 남편은 부인을 무서운 표정으로 바라보았다. 부인이 몸을 움찔 움츠렸다. 시은은 둘 사이를 보고 뭔가 문제가 있다고 판단했다. 김 소장에게 전달받은 바로는 남편이 곧 요양원에 들어간다지만, 그전까지는 시은과 직접적으로 부닥칠 것이다. 아내를 윽박지르고 자기 마음대로 해야 성이 차는 그런 사람인지도 모르니 조심해야 한다.

무엇보다 호칭을 뭐라고 불러야 할지 고민이었다. 시은은 고용주인 부인을 사모님이라고 불렀다. 상황에 따라서는 여사님이라거나 고객님 같은 호칭을 썼다. 간혹 고객이 언니나 이모라고 부르라고 요청할 때도 있었지만, 대체로 호칭은 정해져 있었다.

부인에게 쓸 호칭은 입에 익었다지만, 남편은 뭐라고 불러야 할까. 그냥 아버님? 김 소장은 보통 사장님이나 선생님이라는 호칭을 쓴다고 알려주었다. 하지만 시은에게는 낯설었다. 아마 그 호칭이 입에 익을 즈음에는 그 단어를 더는 쓸 일이 없을 것이라 예상했다. 하지만 지나치게 건강해 보이는 이 부부를 앞에 두니, 어쩌면 선생님이나 사장님이라는 호칭을 더 오래 사용할지도 모르겠다는 걱정이 들었다.

"뭐 어때요? 일 잘한다는 칭찬인데. 일을 깔끔하게 잘하고 운전도 잘한다니 옳거니 싶어 무조건 우리랑 일했으면 좋겠다고 했죠."

평소 시은의 고객과는 다른 부류지만, 이렇게 된 이상 열심히 하는 수밖에 없었다.

그러나 시은은 일을 열심히 할 수 없었다. 건강해 보인다는 첫인상이 정확해 부부는 여전히 자기들 일은 도움 없이 해냈다. 요리와 청소는 물론 설거지나 하다못해 쓰레기 버리는 것까지 그들이 했다. 시은이 아무리 자기 일이라고 우겨도 무시했다. 이래서야 이곳에 있을 필요가 있나 싶었다. 김 소장에게 연락해 다른 곳으로, 그러니까 시은의 도움이 절실히 필요한 곳으로 변경해달라고 연락하고 싶었다.

시은은 기껏해야 소파 밑을 들어 올려 먼지를 청소하거나 높은 곳에 있는 냄비를 꺼내거나 지하실에서 무언가를 찾는 일만 했다. 낙엽을 긁어내고 겨울채비가 한창인 정원 일은 남편이나 가끔 오는 정원관리사가 주로 담당해서 그곳에서도 할 일은 없었다.

시은이 심한 회의와 자책에 빠져 있을 무렵, 드디어 두 사람을 데리고 지방 요양원을 가는 일정이 생겼다. 차고에는 중형차 한 대가 있었다. 시은은 소형차로 운전연습을 했기에, 커다란 차를 앞에 두고 아무래도 첫 운전이 쉽지 않을까봐 걱정했다. 익숙해지려면 몇 번 운전을 해봐야 하겠지만, 지금 당장은 연습에 쓸 시간이 없었다. 무조건 안전운전을 하는 수밖에 없었다.

차량 내 내비게이션에 주소를 입력했다. 서울에서 두 시간가량 걸리는 길이었다. 시은은 신경을 곤두세우고 운전석에 앉았다. 복잡한 서울을 벗어나자 곧 국도였다. 길옆으로 나무와 밭과 이런저런 사물이 놓인 공간을 지나쳤다. 국도라고 해도 한가하지 않았다. 툭하면 길이 막혔고 거대한 트럭이 갑자기 나타나 쌩하고 지나가거나 길옆으로 자전거를 탄 사람이나 주민이 나타나 화들짝 놀랐다.

운전을 계속 하자 차는 줄고 속도는 높아졌다. 그리고 집과 사람의 흔적 역시 띄엄띄엄 나타났다. 한참을 달려 이름을 들어보지 못한 작은 동네에 다다랐다. 쇠락한 분위기가 역력했다. 가게는 모두 문을 닫았고 사람은 눈에 띄지 않았다. 이곳을 지나 다시 이십 여분 달리자 길은 점차 깊은 산속으로 향했고 그곳에 요양원이 있었다.

점점 노인 인구가 늘면서 요양원이 증가한다는 뉴스는 잘 알고 있었다. 노인문제는 시은의 고객과도 연관되기에 유심히 지켜본다. 그렇게 우후죽순 생겨난 요양원은 하나같이 비슷했다. 그러나 이 요양원은 전혀 달랐다. 오래돼 보였고 병원이라고 불러도 될 만큼 컸다.

큰 철제 정문은 안쪽으로 열렸다. 얕은 오르막길이었다. 넓은 길을 올라가자 왼쪽에 주차장이 보였다. 시은은 차를 그곳으로 몰았다. 직원과 면회를 온 가족의 것인지 열 대가 넘는 자가용과 소형버스가 주차되어 있었다. 시은은 빈자리에 주차했다.

차에서 내리자 부부가 곤란한 표정을 지었다.

"요양원에는 우리 둘만 갔다 올 테니까 여기에서 기다려요."

"네? 괜찮습니다."

"별로 재미도 없을 텐데요, 뭘. 시간이 많이 걸리지는 않으니까 그냥 기다리세요."

요양원이라고 무턱대고 들어갈 수는 없다. 안내데스크에서 안내를 받아 주변을 둘러보는 과정이 필요했다. 그곳에서 시은이 할 일도 있을 테지만 부부는 극구 사양했다. 그들은 주차장 반대편, 문을 지나 올라오는 길 오른편에 조성된 정원에서 쉬라고 말했다.

　"그리 크지는 않지만 벤치에 앉아 새소리 듣고 맑은 공기 마시며 쉬세요."

　얼마 안 되는 기간이긴 하나 일을 할 때 부부의 고집을 꺾기는 불가능하다는 사실을 잘 알았다. 그래서 시은은 안으로 들어가는 그들의 뒷모습을 바라보고 정원으로 향했다. 나무 사이로 오솔길이 나 있고 곳곳에 벤치가 놓여있었다. 오솔길은 요양원 뒤편으로 이어졌다.

　요양원 뒤쪽 공터에는 환자복을 입은 사람이 보호자나 직원과 함께 있었다. 의외로 젊은 환자의 모습도 눈에 띄었다. 오솔길을 따라 한 바퀴 도는 데는 십분도 채 걸리지 않았다. 시은은 다시 돌아 나와 벤치에 앉았다. 이쪽은 고적했다. 이미 잎은 모두 떨어지고 나뭇가지만 처량하게 남아서인지 새소리마저 들리지 않았다.

한참 앉아 있다 다시 오솔길을 한 바퀴 돌고 벤치에 앉아 기다렸다. 무료했다. 이럴 바에야 그냥 차에서 쉬는 게 낫겠다 싶었지만, 두 사람이 나올 때까지 여기서 기다리자 싶었다. 요양원이 크다 해도 다 돌아보는데 그리 오래 걸리지는 않을 것이다. 지금 노부부는 요양원을 돌아보며 시설이 어떤지, 의료지원은 잘 되는지 이런 저런 정보를 알아보고 있을 것이다.

숲속이다 보니 서울보다 더 기온이 낮았다. 분명 오늘은 햇볕이 화창하게 내리쬐었지만, 추운 건 어쩔 수 없었다. 든든하게 걸쳐 입었지만 바깥에서 계속 기다리니 점점 한기가 몸으로 파고들었다. 시은은 오솔길을 열심히 걸었다. 요양원 안 대기실에서 기다리고 싶었지만, 부부의 과한 거절을 보았기에 주저했다. 더 추워지면 차에 들어가 쉬기로 했다.

노부부는 나이에 비해 건강해 보였다. 병원을 가거나 약도 먹지 않으니 병에 걸린 것도 아니었다. 그런데도 왜 요양원을 들어가기로 선택한 걸까. 또 분명 집 근처에도 있을 텐데, 굳이 이토록 먼 곳에 있는 시설을 고른 이유도 궁금했다.

시은은 벤치에 앉았다 일어나 산책하기를 반복했다. 시계를 보지 않아도 제법 시간이 지났다. 이제 정말 지치고 추워 차안에서 쉬어야겠다고 생각했는데 부부가 나왔다.

별말 없이 세 사람은 자동차로 갔다. 운전석에 앉아 확인하니 어느새 한 시간을 훌쩍 지나 두 시간 가까이 지나 있었다. 시간이 이렇게나 많이 흘렀을 줄은 몰랐다. 피곤했다. 다시 서울까지 두 시간 넘는 시간동안 운전해야 하는 게 겁났다. 피곤한 상태여서 집중력이 떨어지지 않을까 걱정되었다. 하지만 어쩔 수 없었다. 남은 기력을 모두 모아 운전했다.

고객의 집에 도착해 차를 주차했을 때는 이미 퇴근시간을 훌쩍 넘긴 후였다.

시은은 저녁식사를 하고 가라는 부부의 제안을 만류하고 집으로 향했다. 얼른 집에 가서 혼자 밥을 먹고 쉬고 싶었다.

부부의 고집에 밀려 제대로 일을 하지 못하는 날이 이어진 후, 다시 부부는 요양원을 방문하겠다고 알렸다. 이번에는 어디인가 궁금했는데 뜻밖에도 이전에 갔던 곳이었다.

"예전에 갔던 곳을 다시 가신다고요?"

"응. 그곳을 다시 한 번 봐야겠어."

그래서 다시 갔다. 요양원으로 향하는 길, 저번처럼 이번에도 부부는 조용했다. 서로 창밖만 바라보며 말이 없었다. 요양원에 들어갈 생각에 마음이 무거운 것일까. 시은은 그들을 백퍼센트 이해할 수는 없었다. 하지만 늙고 병들어 요양원을 가는 기분이 얼마나 비참할지는 조금은 알 것 같았다.

이번에도 부부는 자기들끼리 가겠다며 요양원 안으로 들어갔다. 오늘은 점심시간 전에 출발한 터라 출출했다. 시은은 정원 오솔길을 몇 번 걷다가 차에 타 초콜릿바를 씹으며 쉬었다. 이런 정도라면 오늘은 집에 갈 때까지 제 컨디션을 유지할 수 있을 것이다.

한번 보고 갔음에도 부부는 이번에도 거의 두 시간 넘게 요양원에 머물렀다.

요양원에서 나온 부부는 지쳐보였다.

"어쩌지. 우리는 요양원에서 간단하게 점심을 먹었는데."

"그러게 우리만 생각하고 이쪽을 생각 못 했네. 지금 배고플 텐데."

"괜찮습니다. 저도 차에서 요기는 했어요."

"아이고 미안해라."

이번에는 여유 있게 서울에 도착했고 집에 갈 수 있었다. 차에서 요기를 때웠고 쉬었던 터라 퇴근길도 가뿐했다.

그 후 부부는 외출이 잦아졌다. 보통 네다섯 시간은 바깥에서 보내다 들어왔고, 어느 날은 퇴근시간까지도 집에 들어오지 않았다. 그들의 부재가 시은에게 영향을 끼치지 않았다. 단지 그제야 비로소 일을 제대로 할 수 있어 기뻤다.

시은은 부부가 외출한 사이, 빨래를 하고 청소를 하고 밥을 안치고 반찬을 만들고 냉장고를 정리하는 등 자신에게 할당된 일을 열심히 했다.

부부는 꾸준히 요양원에 들렀다. 다른 요양원은 돌아보지 않고 꼭 그 요양원에 가서 두세 시간을 머문 뒤에 돌아왔다.

보통은 차에서 초콜릿바를 먹으며 기다리는데 이날은 날씨가 풀려 오솔길을 거닐었다. 그리고 왜 부부가 이 요양원을 와야만 했는지를 알게 되었다.

부부는 요양원 뒤쪽 공터에 휠체어에 앉은 누군가의 곁에 있었다. 의사와 파란색 직원복을 입은 두 사람이 그 주위에 서 있었다. 시은은 봐서는 안 될 장면을 본 것 같아 몸이 움찔거렸다. 급작스럽게 움직이면 그들이 눈치챌까 시은은 천천히 뒤로 물러섰다. 그때 휠체어에 앉은 환자가 슬쩍 이쪽으로 고개를 돌려 가슴이 철렁했다. 그때 휠체어에 앉은 이가 부부보다는 훨씬 젊고 장애가 심하다는 사실을 알아챘다. 아마도 그들의 자녀일 것이다.

시은은 조심스럽게 뒷걸음질 쳐 오솔길을 걸어 나왔다. 그리고 차에 들어가 시간을 보냈다.

역시 그날도 부부는 조용히 창가만 바라보며 서울로 올라왔다.

두 시간 거리의 요양원 방문은 계속되었다. 이제는 그 이유를 아니 시은은 요양원 뒤쪽으로 가지 않았다. 정문 근처 벤치에 앉아 샌드위치를 먹거나 차안에서 쉬는 것이 전부였다. 그리고 그것만으로도 충분했다.

어느 날 아침 일찍부터 요양원으로 출발한 부부는 점심 무렵, 그곳에서 나왔다. 점심식사를 권하기에 괜찮다고 사양했다.

"저는 차 안에서 간단하게 먹었습니다."

"우리도 요양원에서 먹긴 했는데……."

이번에는 바로 서울로 가지 않고 따로 들를 곳이 있었다. 부인에게서 주소를 받아 내비게이션에 입력했다. 이곳에서 한 시간 거리였다.

역시 한적한 도로를 따라 달리다보니 예상보다는 조금 일찍 도착할 것 같았다. 그런데 내비게이션이 안내하는 곳은 완전한 산속이었다. 좁은 일차선 도로 양 옆으로는 산이나 개울, 계곡이 이어졌다. 인적이나 차가 다닌 흔적은 찾기 힘들었다.

계속 운전하니 햇볕이 내리쬐는 작은 공터가 나왔다. 차 세 대를 주차할 수 있을만한 크기였다. 이곳에서 유턴해 다시 되돌아나갈 수 있다고 안도했다.

그곳에 차를 주차하자 내비게이션이 목적지에 도착했으니 안내를 종료한다고 알렸다. 도착한 곳은 맞는데 도대체 이곳이 어디며, 무슨 목적으로 왔는지 궁금했다.

부부는 차에서 내렸다.

"덕분에 편하게 왔어요."

시은도 차에서 내렸다. 나무숲 사이에 작은 길이 보였다. 인적이 없었던지 황폐했다. 부부는 그곳으로 걸어갔다.

"자주 안 오니까 길이 엉망이네."

시은은 그 뒤를 따랐다. 이번에도 따라오지 말고 쉬라고 할 줄 알았지만, 그들은 만류하지 않았다.

좁은 길을 건너자 다시 공터가 나왔다. 자갈이 잔뜩 깔린 흙 사이로 노랗게 마른 잡초가 가득한 마당이, 그 뒤에 트럭이 들어갈 만큼 거대한 문이 달린 학교 강당 같은 건물이 있었다. 아무리 봐도 단순한 주택이나 별장처럼 보이지 않았다.

부부는 자물쇠를 풀고 문을 열었다. 문을 열자 텅 빈 공간이 드러났다. 그곳은 정말 강당이었다. 아니 창고였다. 웬만한 아파트 이삼층 높이는 될법한 높은 천장 아래 반들반들한 마룻바닥이 깔렸다. 마룻바닥은 어떤 경계 없이 탁 트여 있었다. 건물의 가장 안쪽에는 계단과 작은 다락이 있었다.

"저번에 청소를 했는데 먼지가 왜 이리 쌓이는지."

"산속이라 어쩔 수 없어."

두 사람은 저벅저벅 안으로 들어갔다. 시은 역시 조심스럽게 뒤를 따랐다. 거대한 창고 바닥은 비싼 소재를 썼는지 고급스럽게 반짝였다. 신발을 신은 채로 그냥 올랐다가는 마른 흙자국이 남을 것 같았다. 다행스럽게도 입구 근처에 슬리퍼 여러 개가 있었다. 부부가 그걸 갈아 신고 안으로 들어서기에 시은도 그 뒤를 따랐다. 널따란 창문이 여러 개가 달려있었다. 마른 나뭇가지 사이로 햇빛이 비쳤다. 그들은 제일 안쪽으로 들어가 계단으로 향했다. 계단 아래 공간에는 거대한 냉장고와 에어컨 같은 가전제품이 있었다.

"전기 공급이 원활하지 않을 것 같다고 걱정하던데."

"온도 조절하려면 에어컨이나 보일러가 제대로 작동돼야지."

"그쪽에서 권하는 대로 태양광을 설치할까봐."

"한번 알아봐야겠어."

부부는 시은은 신경 쓰지 않고 대화를 이어갔다. 시은은 가전제품을 바라보다 그쪽에 다른 문을 보았다. 손잡이를 돌렸지만 잠겨있었다.

"거기는 창고 방. 보일러랑 여기 설비할 때 썼던 물건이 들어있어요. 화장실은 저쪽."

그 문 옆에 다른 문도 있었다. 화장실은 넓었고 세면대와 샤워기, 변기가 있었다.

쿵쿵쿵, 작은 울림이 들려 문을 닫고 나왔더니 부부는 어느새 계단을 오르고 있었다. 시은 역시 그 뒤를 따랐다.

그 안은 작은 사무실이었다. 책상과 의자, 컴퓨터가 있었고 서버가 설치돼있었다. 서버 아래 여러 개의 작은 창에서 CCTV 화면이 실시간으로 비췄다. 사무실에 있는 세 사람도 화면 하나를 차지하고 있었다.

"필요한 것을 한번 정리해봅시다."

남편이 서랍에서 볼펜과 메모지를 꺼냈다.

"차타고 오면서 이것저것 많이 생각했는데, 지금 막상 떠오르는 게 없네요."

"먹을 것과 물이 있어야겠고."

"물이야 여기 지하수가 나오는데요, 뭘. 동파만 조심하면 문제없지."

시은은 사무실 입구 쪽에 작은 싱크대를 발견했다.

"여기가 진짜 샘물이지. 생수 사 마시느니 여기 산속 맑은 물 마시는 게 낫지."

"물은 그럼 해결됐고."

이 넓은 공간에 먹을 음식과 마실 물을 채울 예정이라면 사람이 지낼 용도인 듯했다. 그래서 화장실이 있고 에어컨이니 냉장고 같은 가전제품과 보일러까지 설치했으리라. 그런데 무얼 하려고 탁 트인 공간을 준비했는지 궁금했다. 하지만 이런 의문은 마음속에 숨겨둘 수밖에 없었다.

창고를 둘러보고 다시 차를 타고 서울로 향했다. 차안에서 부부는 지금까지와 달리 많은 대화를 나눴다. 무엇이 필요한지 필요 없는지 이야기를 했고 메모했다.

그 이후로 요양원을 방문하면 당연하게 그 창고를 뒤따라 찾았다. 아예 창고만 방문하는 때도 많았다. 그때마다 부부는 미리 준비해둔 박스를 남겨두고 왔다. 시은은 여전히 창고가 어떤 용도로 활용될 예정인지 알아내지 못했다. 한동안 부부는 창고에 짐을 꾸리고 푸는 일에 열중했다.

어느새 시은은 창고 내부가 조금씩 달라지고 있다는 사실을 깨달았다. 분명 시은과 부부가 짐을 옮기고 풀어 물건을 쌓아두었지만, 다른 사람도 여기에 힘을 보태는 중이었다. 물건의 위치가 바뀌었고 본 적 없는 물건이 나오는가하면 사무실에서 메모가 발견되었다. 또한 창고까지 가는 길에 전혀 다른 차바퀴 자국이 남은 경우도 있었다. 분명 이곳을 방문하는 또 다른 이가 있었다. 부부는 그 사실을 알고 있을까. 부부는 그에 대해 따로 이야기를 하지 않았기에 시은 역시 침묵을 지켰다.

얼마 후 창고를 찾았을 때, 시은은 그 누군가를 언급하지 않으면 안 되는 사건을 목격했다. 창고가 완전히 뒤바뀌어 있었다.

창고에는 다양한 색깔의 카펫이 일정한 간격을 두고 규칙적으로 깔려있었다. 일 미터 길이의 정사각형 형태인 카펫은 다른 카펫과 오십 센티미터 간격을 두고 놓여있었다. 카펫만 깔려 있는 게 아니었다. 카펫 위 공간은 독립적인 공간을 보장하는 것처럼 꾸며져 있었다. 카펫 위에는 담요가 몇 개씩 놓여있었고 커다란 둥근 방석도 있었다. 많은 사람이 이 공간에서 각자 자리를 잡고 며칠씩 잠을 자도 될 것 같았다.

"어머나, 창고가 확 바뀌었네."

창고를 보고 부인은 박수를 치며 기뻐했다. 그 옆에 선 남편 역시 만족한 표정이었다.

"승주 씨가 엄청 고생했겠는걸."

"그러게."

승주 씨란 사람은 누구며 부부와는 어떤 관계인지 창고는 왜 이렇게 바뀌었는지 의문이 가득했다. 이번 방문에서 얻은 수확은 승주 씨란 사람의 이름과 그 사람이 중요한 역할을 한다는 사실뿐이었다. 셋은 창고에 짐을 내려놓고 다시 서울로 돌아왔다.

요양원을 가지 않은지 오래됐지만, 부부는 그곳에 가자는 말을 꺼내지 않았다. 창고도 한동안 방문하지 않았다. 왠지 부부는 초조해 보였다.

"언제쯤 연락이 올까요?"

"그걸 난들 아나. 기다려봅시다. 때가 되면 연락 준다니 그때 우리 할 일을 하면 되겠지요."

부부는 항상 조용히 소곤거리며 무언가를 기다렸다.

시은이 출근했더니 부부가 대문 밖에서 기다리고 있었다. 분위기가 급박해보였다. 여유 있게 출근하던 시은마저 괜히 마음이 조급해졌다. 혹시 무슨 일이 있나 놀랐지만 부부는 시은에게 주소를 주었다. 한 번도 가본 적 없는 먼 지방이었다.

"이쪽으로 가요. 될 수 있으면 빨리."

하라면 하는 것이 시은의 임무였기에 운전석에 앉아 내비게이션에 주소를 입력했다. 그리고 둘의 독촉에 바로 출발했다. 차는 고속도로를 타고 한참 달렸다. 네 시간을 쉬지 않고 달린 후에 요금소를 빠져나왔다. 그리고 다시 꾸불거리는 국도를 달렸다. 좁은 도로에는 어쩌다 집과 밭이 나타났고 사람의 인적은 거의 없었다.

산과 들판이 둘러싼 곳에 마을로 들어가는 길이 보였다. 시은은 그쪽으로 꺾어 들어갔다. 여기가 목적지가 맞았다. 흙길을 달려 도착한 곳은 시골농가 앞이었다.

열린 대문 안으로 마당과 집이 보였다. 사람이 사는지 살지 않는지 분간이 되지 않을 만큼 적당히 괜찮고 적당히 망가진 집이었다. 오랜 기와집을 조금씩 손봤는지 파란 지붕 아래 시멘트로 덧칠된 벽은 곳곳에 세월의 때가 묻어났다.

"여기 이집 맞죠?"

목적지에 맞게 도착했는데 뒷좌석에 앉은 부부는 꼼짝도 않았다. 집에서 누군가 나올 기미도 없었다.

"이제 이 길로 쭉 가세요."

여기가 목적지가 아니었다. 시은은 부부가 가리키는 대로 운전했다. 쭉 뻗은 일차선 도로 사이로 대개 밭이나 논으로 통하는 샛길이 붙어있었다. 그렇게 얼마를 달렸을까, 어느새 인적은 사라지고 산길이 나타났다. 한참을 달리니 넓은 공터가 보였다. 그곳에 주차하자 누군가가 그곳으로 뛰어왔다. 밀짚모자를 쓴 이였다.

"오셨어요? 고생하셨어요. 잘 찾아오셨네요. 저는 전화라도 올 줄 알고 기다렸는데."

"전화는 무슨. 여기 전화나 제대로 되나."

"하하하. 그렇죠. 워낙 오지긴 오지라. 힘드셨겠다."

"힘은 뭐. 승주 씨가 제일 고생이지."

"누군가는 해야 할 일인걸요. 배고프시죠? 시골이라 마땅한 게 없지만 점심 준비했어요."

"여기 밥이야 항상 맛있죠."

그동안 내심 궁금했던 승주 씨의 정체를 확인하는 순간이었다. 승주 씨는 시은보다는 나이가 더 많았고 부부보다는 훨씬 어렸다. 무채색 옷차림에 파스텔 톤으로 색조화장을 해서 곱게 단장한 아낙네 같다는 첫인상을 주었다. 승주 씨는 부부는 물론 뒤에서 하릴없이 서있던 시은까지 이끌었다.

"괜찮습니다. 저는 차에서 기다리고 있을게요."

"뭐가 괜찮아요. 여기서 같이 밥 먹어요. 지금이 몇 시야? 벌써 점심시간 한참 지났는데, 괜히 차에서 우리 욕하지 말고요. 이분들 잘 아시잖아요. 밥 같이 먹는다고 뭐라고 하실 분 아니라는 건. 여기까지 왔으니 올라오세요."

"괜찮아요."

시은은 자신을 안으로 이끌려는 승주 씨에게 대항해 힘으로 버텼다. 승주 씨의 몸이 휘청하며 흔들렸다. 그제야 힘을 너무 세게 주었나 싶어 아차 후회했다.

"저는 차에 있으면 됩니다."

사람들과 함께 밥을 먹는 것은 꼭 피하고 싶었다. 계약서에는 밥은 혼자 해결하니 신경 쓰지 말라는 조항이 있다. 분명 김 소장이 설명했을 테지만, 누구도 기억하지 못하는 듯했다. 시은은 다른 이와 함께 밥을 먹는 걸 꺼렸다. 그냥 혼자 밥을 먹는 것이 가장 편했다.

"저는 차에서 먹을게요."

"먹을 게 있으려나."

부인의 목소리에 걱정이 묻어났다. 시은은 자신의 가방 속에 든 초콜릿바를 떠올렸고 허기는 채울 수 있겠다 안심했다.

"불편하시면 제가 먹을 것 챙겨드릴게요."

승주 씨가 환하게 웃으며 말했다. 그리고는 부부를 데리고 올라갔다.

세 사람이 올라가는 공터 위로 컨테이너 가건물 세 채가 있었다. 이것도 특별한 목적을 가진 창고인건지 궁금했다.

시은은 차로 들어갔다. 여기까지 오느라 오랜 시간 운전했다. 다시 서울로 돌아가려면 또 엄청난 시간이 걸릴 것이다. 그러자면 차에서 편히 쉬는 게 제일이다. 운전석에 앉아 있는데 누군가 창문을 툭툭 두드렸다. 깜짝 놀랐다.

거기에는 부부도 아니고 승주 씨도 아닌 부부와 비슷한 나이로 보이는 낯선 할아버지가 서 있었다. 얼굴에는 짜증이 묻어났다.

"이거, 이거."

차 문을 열려고 했지만 할아버지가 꼼짝도 않고 버텼기에 차 문은 살짝 열린 상태로 멈췄다. 조금씩 힘을 주어 밀어내려 했지만, 할아버지 역시 그 앞에 서서 움직이지 않아 차 문은 좁은 틈만 남긴 채 멈췄다.

"창문을 내리라고."

시은은 창문을 내렸다.

"이거, 점심."

"고맙습니다."

"부족하면 저 안에 더 있으니까 갖다 드셔."

"네."

일회용 접시 위에는 흰밥과 김치, 그리고 반찬 여러 가지가 있었다. 시은은 고개를 숙였다.

그때 승주 씨가 달려 나왔다.

"홍영감님, 숟가락이랑 젓가락도 가져가셔야죠. 접시만 들고 가시면 어떡해요."

"나를 부르지 그랬어."

"아무리 불러도 그냥 가시는 걸 어떡해요. 그래서 급히 달려왔어요."

"나이가 드니 귀가 먹어서 그래."

홍영감이라고 불리는 사람은 목소리나 표정 모두 쌀쌀맞았다. 시은의 표정도 가히 부드럽지는 않은 편이라, 홍영감의 기세가 그리 낯설지 않았다. 승주 씨는 시은에게 일회용 젓가락과 숟가락을 주었다.

"아차, 물."

"젊은 사람이 정신머리가 그렇게 없어서야."

"영감님에 비하면 젊은 거지, 저도 그렇게 젊지만은 않다고요."

"그러니까 빨리 엑기스 챙겨 먹어야 한다고."

"아이 참 영감님도. 그런 얘기를 왜 여기서 하세요."

"흠흠. 뭐 그렇단 이야기지."

둘은 계속 운전석 옆에서 이야기를 나누었다.

"저는 물 갖다드려야겠네."

"그거 내가 갖다 줄게."

"그럼 그러세요. 저는 두 분 챙겨드릴 테니까요."

그렇게 두 사람은 다시 컨테이너 건물로 올라갔다. 그렇다면 조금 있다가 홍영감이 시은에게 물을 갖다 주러 올 것이다. 시은은 접시 위에 담긴 밥과 반찬, 그리고 일회용 숟가락과 젓가락을 앞에 두고 고민에 빠졌다.

곧 홍영감이 물병을 하나 들고 나타났다. 작은 일회용 그릇도 들고 있었다.

"이건 물. 이게 슈퍼마켓에서 파는 생수가 아니라, 여기 산속 오염되지 않은 깨끗한 샘물 담은 거요. 그러니 어디서도 못 마셔 본 깨끗하고 맑고 뭐, 그런 맛일 테니까 한번 마셔보쇼. 그리고 이거는 국이라나 뭐라나. 하여튼 정신머리라니. 갖다 주려면 한 번에 주지 내가 몇 번이나 왔다 갔다 하는지, 원."

그렇게 홍영감은 시은에게 국그릇과 물병을 건네고 다시 컨테이너 건물 쪽으로 사라졌다.

그가 사라진 뒤에야 오롯이 혼자 남겨졌다. 시은은 차문을 닫았다. 하루 종일 일한 피곤을 풀어낼 수 있는 휴식시간이었다.

식욕이 없었지만 밥을 남기면 예의에 어긋날 것 같아 일단 우겨넣었다. 밥이 한입 들어가자 뱃속은 점심식사를 건너뛰었음을 알아채고 식욕을 돋웠다. 밥과 반찬은 맛있었다. 국을 후르륵 남기지 않고 모두 마셨다. 밥과 반찬 역시 싹싹 긁어 먹었다. 남은 일회용품은 비닐봉지에 담아 조수석에 두었다.

창문을 열었다. 창문으로 찬바람이 들어왔다. 창문을 올리고 싶었지만, 밥과 반찬 냄새가 빠져나가야 했다. 찬바람 사이로 봄의 기운이 느껴졌다. 천천히 봄이 오고 있었다. 더 이상 추워 못 견디겠다 싶을 때 창문을 올리고 조용히 쉬었다.

시간이 얼마나 흘렀을까. 누군가 창문을 톡톡 두드렸다. 승주 씨였다. 그녀는 두 손에 상자를 들고 있었다. 그리고 부부와 홍영감도 상자를 들고 서 있었다. 차를 에워싸고 의식을 치르듯 문 양옆으로 두 사람씩 서 있었다.

문을 열고 나갔다. 네 사람 모두 두 손 가득 박스를 안고 있었다. 아무런 표시 없는 갈색 종이박스는 가로세로높이가 각각 삼십 센티미터 정도였다.

"차 문을 열어주세요."

시은은 얼른 차 뒤로 돌아 차문을 열었다.

"두 개는 아래 바닥에 내려놓고 두 개는 사장님, 사모님이 각자 하나씩 들고 타시면 될 거예요."

"바닥에 그냥 내려놓아도 괜찮을까요? 괜히 걱정되네."

"두 발로 박스 고정해서 가시면 되죠. 너무 걱정하지 마세요. 박스 안에 부드러운 천이랑 에어캡 넣어 큰 사고 나지 않는 이상은 문제없어요."

부부의 표정에는 걱정이 가득했지만 승주 씨는 신경 쓰지 않았다. 시은은 부부에게서 박스를 건네받아 하나씩 바닥에 내려놓았다. 박스는 그리 무겁지 않았지만, 그들이 굉장히 소중하게 다루었기에 조심했다. 부부가 조심스럽게 상자를 안고 뒷좌석으로 들어갔다. 잔뜩 긴장한 채 부부는 발아래에 있는, 그리고 그들이 들고 있는 박스에 온 신경을 곤두세웠다.

그 사이 승주 씨와 홍영감 역시 승합차 안에 박스를 실었다. 승주 씨가 박스를 차에 집어넣는 사이, 홍영감은 다시 올라갔다.

무슨 상자이기에 저리 소중히 다루나 궁금했지만, 시은은 이제 출발하면 되는지 묻고 싶었다. 승주 씨는 시은에게 주소가 적힌 종이를 내밀었다. 주소를 읽던 시은은 장소가 익숙했다. 그것은 여러 번 가보았던 곳, 바로 창고였다.

"그곳에서 보시죠."

"우리 먼저 출발할게요."

"네. 조심해서 가세요. 항상 명심하셔야 해요. 조심."

"그럼요. 사고 안 나게 무사히 잘 도착할게요."

"네. 이따가 봬요."

"운전 부탁할게요."

승주 씨는 부부에게 두 손을 흔들어 인사한 뒤, 시은의 두 손을 꼭 잡고 흔들었다.

시은은 차를 탔다. 차는 창고로 간다. 지금 서울로 올라가도 이미 퇴근시간은 한참 지난 후였다. 하지만 지금 창고로 간다면 오늘 집에 도착하는 것도 힘들어진다.

시은은 내비게이션에서 창고 주소를 불러왔다.

"아차차. 그릇은 제가 치울게요."

승주 씨가 조수석에 있던 일회용 그릇을 보고 말했다. 시은은 이것을 창문으로 넘겼다. 평소 같으면 쓰레기 처리를 남에게 부탁하지 않지만, 지금은 그럴 상황이 아니었다. 지금은 운전만 생각해도 벅찼다.

차는 서서히 움직였다. 부부는 조심스럽게 상자를 꼭 움켜쥔 채로 창밖만 바라보며 조용했다. 저 멀리 홍영감이 박스를 들고 내려왔다. 도대체 박스가 몇 개나 있는 건지 궁금했다.

시은은 창고에 도착하는데 시간이 얼마가 걸릴지는 생각하지 않았다. 차는 내비게이션이 가리키는 대로 도로를 따라 나왔다. 한참을 달려 고속도로를 탔다가 다시 빠져나왔다.

그렇게 시간이 훌쩍 흐른 후에야, 그동안 자주 왔던 익숙한 길이 나왔다. 창고 가는 길 내내 부부는 침묵을 지켰다. 손이 저린지 간혹 한 팔을 번갈아 들며 흔들었지만, 혹여나 상자를 칠까봐 걱정됐는지 자세가 조심스러웠다.

드디어 공터에 도착했다. 이미 날은 어둑어둑했다. 서울에서야 사방에 불빛이 가득해 제대로 실감하지 못할 테지만, 시골은 다르다. 사방이 산이라 해가 금방 지는데다 불빛도 없었다. 아직 밤이라고 부르기에는 이른 시간이지만, 시골은 이미 한밤이었다.

창고는 어두운 그늘 속에 숨어 점차 사라졌다. 차의 시동을 끄니 작은 불빛조차 사라진 공간은 어둡고 고요했다. 그래서일까. 부부는 내릴 생각을 하지 않았다. 시은 역시 그 안에서 꼼짝도 않고 버텼다. 어두워진 거야 어쩔 수 없지만, 추운건 대책을 세워야 했다. 차 히터를 켰다. 따스한 기운이 감도는 자동차 안에서 무료하게 앉아있는 시간이 길어졌다.

"승주 씨는 언제 도착할까요?"

"우리가 먼저 출발했으니까 늦겠죠. 차에 실을 것도 많고."

"시간이 얼마나 걸리건 여기서 기다려야겠죠."

오래지 않아 어둠을 뚫고 빛이 번져왔다. 길을 달리는 자동차 타이어소리, 덜커덩하는 자동차 본체의 소음과 함께 승주 씨가 도착했다.

차가 공터에 멈췄다. 그리고 운전석에서 승주 씨가 내렸다. 그러자 뒷좌석에 있던 부부 역시 차 문을 열었다. 하지만 선뜻 내리지는 못했다. 발아래 놓인 상자 때문이었다. 시은은 얼른 차에서 내려 부인에게서 상자를 받아들었다. 부인이 발아래 상자를 신경 쓰며 조심스럽게 내렸다.

시은이 상자를 빈 좌석에 올려놓았다. 옆자리에 앉아 있던 남편 역시 상자를 옆자리에 놓고 차에서 내렸다. 그때 상자가 꿈틀한 것 같다는 이상한 느낌이 들었다. 설마 진짜로 상자가 움직였을까. 오랜 시간 운전을 해 피곤한 나머지 착각한 것이겠거니 생각했다. 상자 안에 들어있는 게 생명체일리는 없었다.

곧 승주 씨와 부부는 오랜 만에 만난 사람처럼 다시 반갑게 인사했다. 그때 승합차의 뒷문이 열렸다.

"다 도착했으면 깨워야 할 것 아니야."

투덜대며 차에서 내린 이는 홍영감이었다.

"오랜 시간 차를 타고 와서 힘드시겠지만 빨리 진행하는 게 좋겠죠."

"네."

부인은 소풍을 기다리는 어린아이처럼 맑고 밝게 대답했다. 기분 좋은 일이 일어날 것 같은 가벼운 흥분이 느껴졌다.

부부는 뒷좌석에서 박스를 꺼내들었고, 승주 씨와 홍영감 역시 승합차에서 박스를 꺼냈다. 시은은 승합차에 박스가 생각보다 많아 깜짝 놀랐다. 박스는 많고 일손은 부족하니 시은 역시 박스를 들기로 했다.

넷은 박스를 들고 창고로 올라갈 태세였다.

"여기서 기다려 주세요. 혹시 누가 이걸 가져갈 수도 있으니까 잘 지켜보시고요."

승주 씨는 박스를 드는 시은을 제지했다. 누군가가 이곳에서 박스를 훔쳐가는 것을 막아달라는 부탁이었다. 하지만 외져도 한참 외진 이곳에 이토록 늦은 시간에 여기 있는 다섯 사람 외에 다른 이가 있을까 의심스러웠다. 시은은 그곳에 혼자 남겨졌다. 네 사람이 저벅저벅 공터를 지나 창고로 향했다. 잠시 후 공터 옆에 있던, 그리고 창고 쪽에 있던 전등이 켜졌다. 작은 전구 불빛이지만 그것이 켜지자 공터를 덮쳐오던 어둠이 살짝 물러났다.

다시 발걸음 소리가 커졌다. 이번에는 승주 씨를 제외한 세 사람 뿐이었다. 그들은 다시 박스를 소중하게 감싸 안고 창고로 올라갔다. 이런 과정을 몇 차례 되풀이하자 박스가 모두 창고로 옮겨졌다.

이제는 전구 불빛마저 어둠을 몰아내기에는 버거워졌다. 사람이 움직이면 그 공간을 바로 어둠이 감쌌다. 한동안 사람들은 창고에서 내려오지 않아 시은 혼자 공터에 우두커니 서 있었다.

세 사람이 어둠을 뚫고 다가왔다. 부부와 승주 씨였다.

"저희가 완벽하게 준비하고 있을 테니까, 일단 올라가세요. 나중에 연락하면 그때 내려와서 얼마나 잘 있나 구경하시면 되죠."

"첫날이라 여기서 밤샐 각오를 하고 왔는데."

"아니에요. 홍영감님도 있고, 저도 있고 걱정할 것 하나도 없어요."

"아쉽네요."

부부는 실망한 기색이 역력했다.

"하루 이틀에 끝날 일은 아니잖아요. 꾸준히 기다리기, 항상 이걸 명심하셔야죠. 여기는 저희가 맡고 책임질 테니까, 두 분은 서울로 올라가셔서 기쁜 소식 기다리세요."

"저희는 승주 씨만 믿고 올라가요."

"네."

부부는 뒷좌석에 탔다. 시은 역시 운전석으로 갔다.

"안전운전 부탁드려요. 피곤해서 어떡해요. 식사시간도 지났는데."

"괜찮습니다."

"저희가 휴게소 들러서 챙겨줄 테니, 승주 씨는 걱정하지 말아요."

"나중에 봬요."

공터를 떠나는 차를 향해 양손을 흔드는 승주 씨의 모습은 자동차의 헤드라이트 불빛에 흔들렸다. 자동차는 어둠을 뚫고 지나갔다. 한동안 가로등도 없는 어두운 길이 계속됐다. 길 양옆의 산은 어둠을 더욱 깊은 암흑 속으로 밀어냈다. 과연 길이 맞는지 헤드라이트 불빛에만 의지하기에는 지나치게 힘들었다. 온 신경을 운전에 곤두세웠다.

시골동네 길이 나오자 다행스럽게도 가로등이 있었다. 띄엄띄엄 있는 것이 이곳 주민은 어두워 불편하겠다 싶다가도, 그런 불빛이 무척 도움이 되어 다행스러웠다. 그렇게 한참을 달려 고속도로를 들어섰다.

"어디 휴게소 쉬었다 가야 하지 않을까요?"

"휴게소 들를까요?"

내비게이션을 보니 앞으로 등장할 휴게소는 이십오 킬로미터 남았다. 다행히 차가 막히지 않아 오래 걸리지는 않을 것이다.

"넉넉하게 이십 분은 안 되어서 휴게소 나올 것 같은데요."

"우리는 괜찮은데 저녁을 안 먹었으니 요기를 해야지. 화장실도 가야하고."

차는 휴게소로 들어갔다. 부부는 휴게소에서 먹을 것을 살 모양이었다.

"뭐가 좋을까요? 혹시 먹고 싶은 것 있나요? 그냥 아예 식당가서 밥을 먹을까요?"

부인이 시은에게 이것저것 물었다.

"저는 괜찮습니다. 별로 배가 고프지 않아요."

"시간이 이렇게 늦었는데."

"아까 점심을 먹어서 시장하지는 않아요."

"그럼 어쩔 수 없죠."

부부는 간단한 먹을거리를 사서 뒷좌석에 올랐다. 시은은 가방에 있던 초콜릿바를 하나 깨물어먹었다. 서울까지는 이것만으로 버텨야했다. 휴게소 주유소에 들른 후에 차는 다시 서울로 향했다.

집에 도착하자 부부가 내렸고 시은은 바로 퇴근했다. 집에 도착해 거의 쓰러질 듯 바로 누웠다. 허기보다 피곤이 먼저였다.

다음날 출근했더니 부부는 아무 일도 없었다는 듯 행동했다. 아무래도 시은은 백퍼센트 제 컨디션은 아니었지만, 할일이 많지 않아 쉴 수 있었다.

며칠 뒤 부부를 태우고 창고에 다녀왔다. 부부는 잔뜩 기대에 부풀어 있었다. 시은은 부부가 무엇을 기대하는지 궁금했지만 창고 근처에는 얼씬도 못했다.

"여기서 기다리세요. 아무래도 승주 씨 작업하는데 방해가 돼요."

차에서 대기하라는 말에 어쩔 수 없이 공터를 떠나지 못했다. 혹시나 싶어 챙겨온 물과 초콜릿바가 요긴했다.

그 창고에 갈 때면 승주 씨가 항상 있었고, 홍영감은 보일 때도 보이지 않을 때도 있었다.

"다음에는 완벽한 변화를 보실 거예요."

창고를 떠나기 전 승주 씨와 부부는 인사하는 데만도 시간이 꽤 걸렸다. 애틋하게 서로를 걱정하며 안녕을 당부했다. 가끔 시은은 당최 무슨 뜻인지를 모를 말을 기쁘게 주고받기도 했다. 박스를 옮겨다 놓은 이후로 창고 가까이에는 가지 못했던 터라, 무슨 일이 일어나는 건지 궁금했다. 이런 외진 곳에서 무슨 일을 하며 버티는 건지, 그렇게 숨기는 승주 씨의 작업이 뭔지 호기심이 생겼다.

부부는 먹을거리와 생활용품을 잔뜩 챙겼고, 서울로 돌아올 때면 말문을 닫고 창밖을 바라보며 생각에 잠겼다. 차가 떠날 때면 승주 씨는 평소처럼 환하게 웃으며 그들을 배웅했다.

부부가 모두 몸살에 걸려 자리에 누웠다. 병간호로 정신없는데 시은에게 창고에 전해줄 물건이 있으니 혼자 다녀오라고 부탁했다.

"승주 씨에게는 전화로 이야기했으니 창고에 가면 그쪽에서 알아서 할 거예요."

"네."

혼자서 떠나는 길이라고 다를 게 없었다. 도리어 운전하랴 뒷좌석에 앉은 부부의 안색을 살피랴 정신없었는데 혼자 가니 일이 줄어 운전이 가뿐했다.

공터에 도착했더니 승합차는 여전히 그 자리를 지키고 있었다. 시은은 그 옆에 차를 주차하고 크기와 무게가 제각각인 박스 여러 개를 꺼냈다. 테이프로 꽁꽁 싸맨 것도, 입구가 제대로 닫히지 않아 안에 든 내용물이 튀어나온 것도 있었다. 박스를 공터에 쌓았다. 보통은 차 소리를 듣고 승주 씨나 홍영감이 나온다. 그러나 오늘은 잠잠했다.

시은은 창고까지 올라갔다. 정체모를 박스를 이곳에 옮겨 온 후부터 창고에 간 적은 한 번도 없었다. 창고는 더 이상 시은에게는 허락되지 않은 장소였다. 금기를 어기고 왔건만 창고문은 닫혀 있었다.

"승주 씨, 홍영감님."

시은은 두 사람을 불렀다. 아무 대답이 없었다. 바람이 불자 창고 문이 들썩거렸다. 시은은 창고 문을 살짝 열었다. 시은은 창고 문 틈새로 승주 씨와 홍영감의 기척이 있나 기다렸다. 여전히 조용했다. 아니 이상한 소리가 들린 것도 같았는데, 그건 두 사람의 흔적은 절대 아니었다.

창고 문밖에서 한참 서 있었다. 시간이 흘렀지만, 여전히 두 사람은 나타나지 않았다. 시은은 창고 주변을 둘러보았지만, 어디서도 두 사람의 흔적은 없었다. 시은은 창고 문을 활짝 열었다. 창고는 어두웠다. 양옆으로 나있는 유리창은 모두 두꺼운 천으로 막혀있었다. 가는 틈새로만 살짝 빛이 들어왔다.

처음에는 시은이 마지막으로 창고를 봤을 때와 그다지 달라지지 않아 보였다. 바닥에 놓인 카펫은 여전히 그 자리에 있었다. 그리고 그때 카펫 위 이상한 존재를 보았다. 부부와 다른 사람이 시은이 창고에 가는 것을 극구 막아 수상한 물건이 있는 건 아닌가 의심했었다. 그런데 실제로 수상한 무언가가 있었다. 크기가 제각각인 커다란 달걀 같다고 할까. 다양한 크기의 타원구 형태인 물건이 하나씩 카펫 중간을 차지하고 있었다.

작은 것은 삼십 센티미터, 긴 것은 일 미터 정도였다. 그런데 달걀과 겉모습만 비슷하달 뿐, 달걀이 아니라는 사실은 쉽게 알 수 있었다. 일단 크기가 너무 컸고, 달걀처럼 표면이 매끄럽지도 않았다. 울퉁불퉁했고, 그 울퉁불퉁한 표면이 계속 움직이는 것 같았다.

일 미터에 달하는 커다란 타원구는 울퉁불퉁한 바위 같았는데 그 표면이 요동치듯 움직이고 있었다. 저것이 무엇이던가. 아무리 머릿속을 뒤져봐도 도통 알 수 없었다. 시은은 지금 창고에 있는 이상한 존재를 처음 본다는 사실을 깨달았다. 긴장된 감각 속에 어디선가 소리가 들려왔다. 시은은 급히 창고 문을 닫고 공터로 내려왔다. 가슴이 뛰고 숨이 가빴지만 긴장과 불안을 숨기는 데는 자신이 있었다.

"승주 씨, 홍영감님."

시은은 창고 쪽을 바라보며 두 사람을 다시 불렀다. 그때였다.

"여기에요, 여기요."

멀리서 대답이 들렸다. 승주 씨였다.

"사모님한테 전화는 받았는데 깜빡 했어요."

"박스, 여기에 두었어요."

"그럼 같이 옮겨요."

두 사람은 박스를 옮겨 창고 앞에 쌓았다.

"사모님이 많이도 챙겨주셨네요. 그럼 수고하셨어요."

"안에 넣을까요?"

"그건 저랑 홍영감님이 하면 돼요. 어차피 지금 홍영감님이 창고 문을 잠그고 나가셔서 저도 못 들어가요."

"아, 네."

승주 씨의 얼굴에 당혹감과 불안감이 감돌았다. 시은은 창고 밖을 돌았던 자신의 발자국이 남은 것을 그제야 눈치챘다.

"그럼 저는 가볼게요."

"네."

승주 씨가 분주한 척을 하기에 재빨리 사라지기로 했다. 바람이 불었고 탕 소리와 함께 창고 문이 살짝 열렸다 닫혔다.

"홍영감님 창고 문단속 그렇게 주의하라고 일렀는데도 또 열어두고 가셨네."

문을 열어본 승주 씨가 한소리를 했다. 목소리에 화가 가
득했다.

"문이 열렸으면 저도 박스를 안으로 옮길까요?"

"아니요, 아니요, 괜찮아요. 여기 일은 저랑 홍영감님이 다
맡아서 해요. 그냥 가셔도 돼요. 사모님, 사장님 편찮으시다
는데, 여기까지 오셨으니 두 분 챙겨드릴 사람이 없잖아요.
얼른 올라가셔서 두 분 간호하셔야죠."

시은은 다시 공터로 내려와 자동차로 향했다. 산에서 홍영
감이 내려오는 것이 보였다. 아직 잎이나 꽃이 나지 않은 마
른 나뭇가지 사이로 무언가가 홍영감 주변에 있었다. 경계가
뚜렷하지 않았지만, 그 정체를 알 수 없는 존재는 분명 홍영
감의 뒤를 따라 움직이고 있었다. 바람이 홍영감 주변에서 부
는 것처럼, 나뭇가지를 흔들었다. 시은은 이상한 의문만 남겨
두고 다시 서울로 돌아왔다.

그날 서울에는, 아니 전국에는 엄청난 비가 쏟아졌다. 봄
비치고는 많은 양이었다. 뉴스에서는 그럼에도 겨울가뭄이
해소되기에는 부족하다고 전했다.

시은은 고객의 비밀은 발설해서는 안 된다는 사실을 잘 알

았다. 그리고 시은이 그런 주의사항을 잘 지켰기에 고객의 평가가 좋다는 것도 잘 알았다. 하지만 창고 안에 있던, 어디서도 본 적 없는 존재가 자꾸 머릿속에서 떨쳐지지 않았다. 시은은 인터넷에서 비슷한 것이라도 있나 싶어 열심히 찾아보았지만, 전혀 검색되지 않았다.

그 커다란 것은 분명 알 같았다. 그 정도 크기라면 공룡 알이어야 할 텐데 과연 부부나 승주 씨, 홍영감이 영화에서처럼 공룡을 재생시킬만한 지식이 있는지, 새로운 생명체라면 그게 어떤 종류인지도 알 수 없었다. 하지만 표면이 일렁거리던 울퉁불퉁한 알이 계속 기억에서 떠나지 않았다. 알의 표면이 움직였던 장면은 절대 착각이 아니라고 자신할 수 있었다.

부부는 한동안 몸져누웠다 겨우 일어났다. 다시 평범한 일상이 이어졌다.

시은은 김 소장에게 전화를 했다. 답답할 때 김 소장만한 대화 상태가 없다.

"우리는 고객의 비밀을 절대 털어놓으면 안 되지?"

"그렇지. 뭔가 심각한 범죄에 연루 됐다거나 위험에 처하는 상황만 빼고."

"우리가 모두 위험에 처할 수 있는 상황은?"

"고객이 핵무기를 숨겨두고 있다거나, 아니면 세균전을 벌일 계획이라거나 그런 거라면. 고객이 핵이나 세균을 이용하는 거야?"

도대체 김 소장은 평소 무슨 생각을 하는 건지 궁금했다. 영화나 소설을 많이 봐서 지나치게 상상력이 풍부해진 걸까. 그것도 아니면 핵무기나 세균무기와 연관된 다른 고객이 있어 김 소장이 대책을 모의해본 경험이 있었던 건지 궁금했다.

"그건 아니고 혹시 이상한 존재를 키우는 경우라면?"

"이상한 존재? 이상한 짐승을 키우는 거야? 사자나 호랑이? 아니면 아나콘다? 구렁이나 살모사 같은 파충류를 어마어마하게 키우는 고객은 있었지. 그 정도는 사람을 공격하는 용도로 키우는 게 아니고서야 알아서 해야지. 공격성이 강하다면 키우는 고객이 먼저 당하지 않겠어?"

역시나 김 소장은 태연했다.

"공룡 같은 건?"

"공룡. 우하하. 갑자기 이상한 꿈을 꾼 거야? 아니면 이상한 공상가나 발명가를 만난거야? 지금 고객이 누구시더라? 절대 그런 분들은 아닌데."

"그냥 궁금해서 묻는 거야."

"고객이 공룡을 키운다면 어떡해야 처리해야 할지 나도 모르겠네. 그건 법무팀이나 관리팀이랑 상의를 해봐야 돼."

갑자기 시은의 머릿속에서 이상한 단어가 떠올랐다. 김 소장이 시은의 머리가 이상해졌다고 의심할까 걱정도 되었지만, 지금 당장은 말을 꺼내지 않고는 못 견딜 것 같았다.

"혹시 외계인을 키우는 거라면?"

"외계인? 갑자기 왜 이래? 무슨 이상한 바이러스에라도 감염된 거야? 언제 회사에 와서 건강검진 한번 받아봐. 이상한 병에 걸린 거 같아. 기생충이 뇌를 지배하고 있는 건 아닐까? 최근에 날 음식을 먹거나 이상한 장소에 간 적 있어?"

"한번 상상해본거야."

"외계인이라. 그럼 우리 회사도 대책을 마련하고 시나리오를 짜야겠지. 외계인이 있다면 어떨까? 외계인의 성향이 어떠냐에 따라 다르지 않을까 싶은데."

"성향?"

"외계인이 호전적이라면 분명 지구인을 공격하고 잡아먹고 노예로 삼고 어쩌고저쩌고 할 테니까 우리한테는 문제겠지. 지구인의 생존이 위협받게 되니까. 반면 착한 외계인이라면 우리한테도 땡큐 아닐까. 외계인 보고 싶어하는 사람도 많고, 그걸 연구하고 싶은 국가나 단체도 있지. 외계 문명이 우리보다 뛰어나면 우리가 배울 것도, 얻을 것도 많을 거고."

"그런가."

"우하하. 하여튼 재미있어. 외계인 시나리오는 한번 기획팀한테 이야기해서 고민해보라고 해야겠다. 이번 기회에 우리 사업을 외계로 확장하는 것도 좋겠네. 외계인한테는 어떤 서비스가 적당하려나. 직원은 어떻게 교육시켜야 하는지도 고민이겠다."

시은은 조용히 김 소장의 이야기를 들었다. 분명 조만간 김 소장은 정말 기획팀에게 외계인이 존재하게 된 세상에서 유어서비스가 어떻게 달라지고 어떤 서비스를 제공해야 하는지 고민해보라고 주문할 것이다.

외계인이라는 단어는 무의식중에 나왔다. 어디서도 보지 못했던 커다란 알과 황량한 산에서 일렁거리던 이상한 존재, 그리고 그런 사실을 극구 숨기려고 노력하는 사람들. 어느새 시은은 창고에서 봤던 존재가 외계인 같다고 확신하고 있었다.

"외계인 말이야, 고객이랑 상관있는 얘기야?"

"갑자기 떠올라서."

"엉뚱하긴. 그래도 문명이 발달한 외계인이 나타나서 내 허리디스크를 고쳐주고 눈가주름도 없애줬으면 좋겠다. 장애나 불치병을 없애주고 노화를 막아준다면 지구인은 어떤 외계인이라도 적극 환영할걸. 아무래도 아직 암도 제대로 못 고치고 노화도 못 막는 수준인데 의학이나 미용기술이 발달하기를 기다리는 것보다는 외계인이 나타나 한방에 해결하는 게 더 빠르겠지? 좋은 외계인 나타나면 나한테 가장 먼저 연락해. 알았지?"

"외계인은 모르겠고 중요한 일이 있으면 바로 연락할게."

창고의 수상한 존재는 외계인이 아닐지도 모른다. 시은이 모르는 먼 나라의 특이한 생명체일 수도 있고 아예 생명체가 아닐 수도 있었다. 어둠속에 시은이 헛것을 보고 상상의 나래를 펼쳤는지도 모른다. 하지만 시은은 창고 안의 수상한 존재가 자꾸 머릿속에서 떠나지 않았다.

그들의 정체가 궁금했다. 설령 그 알이 단순한 소품이라고 밝혀질지라도, 당시 시은이 보고 느낀 그 알의 울렁거림은 영원히 밝혀내지 못할 것이다.

출근을 하려고 준비하는데 김 소장에게 전화가 왔다.

"지금 출근하는 중?"

"지금 하려고."

"안 해도 돼."

"왜?"

"고객한테 방금 연락 왔는데 출근할 필요 없대. 당분간 지방에 내려가 계신대."

시은이 퇴근하던 어제까지만 해도 노부부는 아무 말이 없었다. 이럴 거였다면 미리 언질이라도 해주지 싶어 서운했다.

"당분간 쉬는 거야?"

"쉬고 싶어? 그럼 얼마 동안 휴가를 가든가."

"그럼 언제까지 쉬어도 돼?"

"고객 말로는 다시 일이 필요하면 연락 준다는데, 다시 그집에서 일할 건 없어. 가사도우미보다는 육아도우미가 필요하다던대."

"육아도우미?"

"지방에 사는 자녀가 임신했나봐. 아니 출산을 했다나. 그
거 봐주러 가시는 것 같아. 나중에 육아도우미를 요청하시겠
지."

"그렇구나."

"실망할 필요는 없어. 일을 못한다고 잘린 건 아니잖아. 아
기를 낳으면 신경 쓸 게 얼마나 많은데. 아무래도 자기는 육
아 쪽은 아니니까."

"그렇지."

"그럼 푹 쉬고 있어. 내가 다시 적당한 일 생기면 연락할
게."

"알았어."

그날 시은은 인간과는 전혀 다르게 생긴 이상한 생명체를
돌보는 한 무리의 사람들에 관한 꿈을 꾸었다. 이상한 존재를
바라보며 사람들은 엄청난 희망에 들떴다. 그 모습이 흡사 새
로운 종교를 믿는 집단 같았다.

**" 새로운 고객님,
잘 부탁드립니다 "**

시은은 자동차를 끌고 나왔다. 방에서 빈둥거리는 대신, 혼자 여행을 떠나본 지는 꽤 오래되었다. 갑자기 드라이브를 하고 싶었다. 이번에는 제법 먼 거리를 달릴 예정이었다.

자동차로 몇 시간을 달려 서울에서 동떨어진 곳에 도착해 차에서 내렸다. 처음 와보는 곳이었다. 불안했지만 주변 위치와 지도를 찾아본 후에 마음을 다졌다. 이제부터는 뚜벅뚜벅 발로 걸어야 했다. 등산이나 도보여행에는 전혀 관심이 없었지만, 꼭 가보고 싶은 곳이 있어 나온 참이었다.

혼자 산을 넘기는 힘들었다. 인터넷으로 길을 찾아봐도 도움이 안 됐다. 유명하지도, 높지도 않은 시골의 동네 뒷산까지 자세한 정보를 제공하지 않았다. 무조건 감을 믿고 전진하는 수밖에 없었다. 이러다가 산속에서 실종되는 것은 아닌가 걱정됐지만, 여기까지 와서 포기할 수는 없었다.

지도를 몇 번이고 숙지한 게 도움이 되었다. 곧 익숙한 공간이 나타났다. 바로 예전에 여러 번 왔던 곳, 바로 전 고객의 창고였다. 언젠가 창고를 떠나던 날, 홍영감이 이상한 존재와 함께 내려왔던 그 숲길에 이제는 시은이 있었다.

숲에 숨어 몰래 그곳을 살폈다. 창고로 시은을 데리고 왔던 고객은 지금은 함께 일하지 않았다. 함께 일을 하지 않는 순간부터 그에 관한 모든 기억을 잊어야 했다. 그런데도 왜 기억을 떨쳐내지 못하고 이렇게 먼 거리를 달려오는 위험을 무릅쓴 건지 시은은 절대로 설명할 수 없었다.

단지 지금은 어쩔 수 없는 힘이 시은을 이리로 이끌었다고밖에 말을 못하겠다. 분명 창고에는 승주 씨와 홍영감이 상주할 터였다. 노부부가 함께 있을지도 모른다. 공터를 봤더니 다행스럽게도 어떤 차도 보이지 않았다. 항상 주차돼 있던 승주 씨의 승합차도 없었다. 공터와 들어오는 길에는 이제 잡초가 무성했다. 한동안 사람이나 차가 지나다닌 흔적이 없었다. 방문이 뜸해진 모양이었다.

한참 버티고 있었지만 어떤 인기척도 없었다. 그래도 조심하며 조용히 앉아 귀를 기울였다. 바람을 타고 나뭇가지와 잎이 흔들리고, 어디선가 새가 지저귀었다. 벌과 곤충이 날아다녔다. 피부에는 상쾌한 산바람이 느껴졌다. 무언가가 떨어지고 부딪치는 소리가 났지만, 창고 쪽은 아니었다. 창고 문은 닫혀 있었다.

시은은 위치를 옮겼다. 그러자 창고 옆쪽으로 난 유리창이 보였다. 한때 창고 안을 어둡게 가렸던 커튼은 모두 사라져서 창고가 훤히 내려다보였다. 그런데 그 안이 텅 비었다. 아니 모든 물건이 사라진 것이 아니었다. 한때 시은과 부부가 옮겨 놓았던 상당한 물품이 그 안에 너저분하게 놓여 있었다. 야반도주라도 한 것처럼 모든 물건이 뒤죽박죽 혼란스럽게 놓여 있었다.

여러 창문을 왔다 갔다 하며 안의 상태를 살폈지만, 사람의 흔적은 없었다. 시은은 잔뜩 긴장한 채 아래로 내려갔다. 창고 문은 굳게 닫혀 있었다. 힘을 주어 문을 열까 했지만 그러면 정말 범죄를 저지르게 되기 때문에 참았다.

창고 주변에는 어느새 잡초와 들꽃, 그리고 덤불이 보였다. 인기척이 전혀 없고 관리되지 않은 공간을 보자니 아마도 이 창고를 사용하지 않은지 오래된 것 같았다.

시은을 이리로 이끌었던 이상한 알은 전혀 보이지 않았다. 시은은 창고 옆을 돌다 사람의 발자국이 아닌 이상한 자국이 땅바닥에 남은 것을 보았다. 커다란 새발자국과 비슷한 그 흔적은 주변에 가득했다. 무슨 흔적인지 궁금했지만 지금은 어느 누구도 그 질문에 답을 해주지 못할 것이다.

시은은 다시 산을 넘었다. 오늘은 제법 무리했다. 자신의 차를 보자 괜히 반가웠다. 한때 가슴속을 가득 채웠던 의문을 풀기 위해 나선 길이었지만 머릿속 궁금증은 전혀 해결되지 않았고, 더한 의문만 남기고 돌아가게 되었다.

차안에서 휴식을 취한 뒤 스트레칭을 했다. 이제 집으로 갈 시간이었다. 가방에는 초콜릿바가 여러 개 들어있었다. 운전을 하다 출출하거나 피곤할 때 먹으려고 준비했는데 막상 하나도 먹지 못했다. 하나 먹을까 고민했다. 그때 전화가 걸려왔다.

"지금 어디야? 왜 이렇게 통화가 안 돼?"

"운전하고 있었어."

"그래? 요즘 운전에 완전 재미 붙였구먼. 이번에 새로 일 들어왔는데 어때? 할 거야? 아니면 계속 휴가를 즐길 거야?"

"나한테 딱 맞는 고객이야?"

"응. 고객의 요구사항을 보니까 너랑 딱 맞아서 연락했지."

"그럼 내가 해야지."

차 시동이 경쾌하게 걸렸다. 시은은 서울로 간다. 이제 다른 나날이 시작된다.

"안녕하세요? 유어서비스 이시은입니다. 잘 부탁드립니다."